ハヤカワ文庫 SF
〈SF2172〉

宇宙英雄ローダン・シリーズ〈565〉

指令コード

クルト・マール&トーマス・ツィーグラー
新朗 恵訳

早川書房
8149

PERRY RHODAN
DER BEFEHLENDE KODE
AUFSTAND IM VIER-SONNEN-REICH

目次

指令コード

指令コード

クルト・マール

登場人物

レジナルド・ブル（ブリー）……………………ローダンの代行

ガルブレイス・デイトン…………………………宇宙ハンザの保安部チーフ。感情エンジニア

エレク・ナム・ダアル…………………………アラス。精神物理学者

ルーダ・ノースラプ
パオリ・イヴェレス
シドン・ラヴェントル
チャック・ディミトル
……………………………プシオニカー

第一製造者
末っ子
警備係十一号
……………………………………クロング

ヴィシュナ………………………………………コスモクラートの変節者

1

金属がたたきつけられるような音が、受信機から聞こえた。ジェフリー・アベル・ワリンジャーは驚きのあまり立ちあがると、ヴィデオ・スクリーンの映像を点検する。捕獲したロボットたちを収容していたホールで、騒動が起きていた。卵形ロボットと球形ロボットが、たがいに襲いかかっている！

ワリンジャーは警報スイッチに触れた。遠くでサイレン音が鳴りひびくのを確認し、こう告げる。

「パルスフとクロングが戦っている。すぐに引きはなさなければならない」

いずれかのマイクロフォンがこの言葉を受信し、警報の鳴っている場所へ転送するだろう。その反応を待つことなく、ワリンジャーは即座に仕事にとりかかる。いまいる場所はたんなる計測・観察用ラボだが、荒れ狂ったロボットたちがかんたんにたがいを破壊できないよう、講じられる手段は二、三ある。自分の敏速な介入にいかに多くが左右されるか、ハイパー物理学者は痛いほどよくわかっていた。ホールにいるクロングとパルスフこそ、現時点での人類の唯一の希望なのだ。恒星間宇宙の虚無空間からテラにさしせまる危険……描写不能なふたつの巨大構造体に関する情報を持つのだから。

ワリンジャーはコード・インパルス発信機のスイッチを入れた。ポジトロン信号が散弾のように、戦うロボットたちに降りそそぐ。ロボットはわずかなあいだ混乱し、攻撃の手をとめた。エネルギー・インパルスがはげしく降りかかるあいだだけは、ロボットの〝脳〟内のマイクロフィールド構造が混乱するのだ。卵形ロボットのクロングが数体、空中をふらふらとさまよった。ほかのクロングたちは所在なさげに、軸足に身をあずけている。クロングには歩行器官がなく、浮遊して移動する。それに対し、三関節構造の細いクモ脚を六本持つパルスフのほうは、食事にアルコールを流しこまれた有機生物のごとく、あぶなげに歩きまわった。パルスフも飛行可能だが、歩行移動を好む。

しばらくはワリンジャーが目的を達成したかのように見えた。いらいらしてクロノメーターを見る。救援はどうした？　そのとき、恐れていたことが起こった。ほの暗いグリーンの光が大スクリーンをよぎる。ロボットたちがエネルギー・フィールドに身をつつんだのだ。グリーンの氷でできているかのようなこの遮蔽《しゃへい》フィールドは〝冷覆バリア〟と呼ばれている。集中砲火で攻撃しないかぎり、テラ製武器は貫通不能である。

クロングとパルスフが外部からの影響を察知し、それを無効化したのだ。戦闘は激烈さを増して再開された。それまでは衝突による破壊と把握アームによる攻撃に制限していたが、ビーム兵器を使用しはじめた。ひろいホールじゅうに音がして火花が飛び散る。

ワリンジャーは唖然とした。どういうことだ？　ホールの外の宇宙空間では、クロングとパルスフは協力してテラナーと戦っていた。ところが両者を捕らえて閉じこめたとたん、たがいに襲いかかるなんて。この行動には意味があるのか、それともロボットがポジトロン知性を失ったのか？

ハッチがスライドして開く。宇宙ハンザの保安部職員たちがラボに押し入ってきた。

「戦闘ロボットの投入準備ができました！」と、だれかが大声をあげた。

ワリンジャーは身動きひとつせず、スクリーンにうつるホールのエアロック・ハッチを見つめた。クロングとパルスフが種々の混合ガスにどう反応するか、その測定が一連の実験目的のひとつだったため、エアロックのある場所に収容したのだ。だが、結果はむなしいもので、ロボットはもっとも有毒な環境にさえ、なんの影響も受けなかった。真空状態でも、十気圧の熱い塩化水素の白煙のもとでも、低圧の冷たい水素環境でも、通常の大気のなか同様に平気なのだ。液体のなかでも、なんの問題もなく作動するにちがいない。

ふいにハッチが開いた。最新のテラ製戦闘ロボット三体がホールに漂いながら入っていく。輝くオレンジ色のエネルギー・フィールドにつつまれて、騒動へと近づいた。武力行使は最小限にプログラミングされている。クロングもパルスフも、傷をつけたり、ましてや破壊したりしてはならない。それほど貴重な存在なのである。テラ製ロボットは触腕そっくりの強力把握アームで、二種類のロボットをたがいから引きはなそうとした。

しかし、意図とは違うことが起きた。

敵の登場がパルスフとクロングに、団結の感情をふたたびあたえたようだ。戦闘ロボットの介入で、相手から身をはなすと、共通の敵に対し共同戦線を張った。

「あぶない！」と、ジェフリーが叫んだ。「おまえたち……」

それ以上、いうひまはなかった。鋭い閃光がはしる。受信機から乾いた爆発音がとどろいて……テラ製ロボット三体のうち一体は跡形もなくなっていた。破壊されたとか、解体されたとか、追撃されたとか、そういった通常の武力使用に起因する結果ではなく、ただたんに非物質化されたのだ。

宇宙ハンザ保安部の男たちは、長年の経験からくる正確さで対処した。

「退却せよ！」と、命令が響きわたった。

のこったロボット二体は命令にしたがった。クロングとパルスフの戦線は、敵の後退が明瞭になったとたん、動きをとめる。その瞬間をワリンジャーは利用し、この状況でまだ効果を得られる唯一の手段を行使した。ホール内の人工重力フィールドを強めたのだ。

テラ製ロボットはすでに退却し、エアロック・ハッチも閉じられた。共通の敵から解放されたクロングとパルスフは、中断していた戦闘を思いだし、またたがいに襲いかかった。ビームが数発ばかり発射された……攻撃のときにはわずかのあいだ、冷覆バリアにちいさな構造亀裂が生じるようだ……とはいえ、認識可能な損傷は見当たらない。だがその後、強められた重力が効果を見せはじめた。

淡いグリーンのエネルギー・フィールドは、ロボットたちを重力の影響からは守れないようだ。いまや重力は二十三Gにまであがり、漂っていたクロングたちは床にくずおれた。自分たちの反重力装置では、人工重力フィールドには明らかに対応できていない。パルスフは細いクモ脚を折り曲げて這うものの、動きがどんどん鈍くなり、完全に停止した。クロングの多くは転倒し、床に激突した。ロボットたちに重大な損傷をあたえないよう、ワリンジャーは細心の注意をはらったが、重力フィールドの強度が三十Gまであがっていくようすを観察するうちに、勝利の感情がわきおこった。敵ロボットの抵抗を大々的に操作できる手段をついに見つけたのだから。

保安部職員のひとりに向きなおると、

「高重力用ロボット数体を出動させろ。クロングとパルスフを別々のホールに移送するのだ」と、いった。「急げ！　敵ロボットたちがこの負荷のもと、どのくらいこうしているか、わからない」

組織上は一私的企業である宇宙ハンザと、人類の公式中央政府である自由テラナー連盟が、どれほど密接にからみあっているかは、危機に瀕したこの場合にとくに明白となっていた。ハンザ司令部とLFTの中央官庁は、統合されている。地図上でだけはまだ分かれているが、実際はかなり多数の短距離転送機が接続され、首席テラナーであるジュリアン・ティフラーの危機対策本部は、ペリー・ローダンの代行であるレジナルド・ブルの執務室と扉ひとつしか隔てていないかに思われるほどだ。

捕虜のロボットたちはハンザ司令部の〝鋼の金庫〟に入れられた。ここならあらゆる深刻な損壊に耐えられるし、脱出対応も施してある。つまり、目下の最重要事項は宇宙ハンザの敷地で起こっているということ。だからジェフリー・ワリンジャーは、ブルの執務室の奥にあるガラス張りの仕切り部屋に入ったとき、ティフラーの姿を目にしても驚かなかった。

一杯のコーヒーが魔法のように卓上にあらわれた。ワリンジャーはカップをつかむと、中身をひと口すすった。

「あの兄弟ロボット、狂ってます」かれはつぶやいた。「外では協力して、悪魔を目の前にしたごとく、われわれに襲いかかってきた。それなのに、いっしょに監禁すると、こんどはたがいに襲いかかるんです。最初は故障したのかと思いました。だが、われわれのロボットを投入したとたん、作動が正常になりました」

　ブルもティフラーも事前報告はすでに受けていたから、先ほどの出来ごとについても、十倍もの保安性能がある鋼の金庫についても知っている。

「陽動作戦だろうか？」ブルがたずねた。

「その目的はなんです？」と、ワリンジャーが問いかえす。「意味がないように思いますが……」

「わたしが思うに、かれらの行動は見えるとおりなのでは」と、首席テラナーがいった。「おそらく一種の兄弟喧嘩ではないか。われわれと戦っているあいだは抑圧されるが、機会があればまた勃発する。だが、きみはそんなことを話しにきたわけではないだろう、ジェフリー。最初の尋問をおこなえば、答えはおのずとわかるのだから……たとえ一体を分解しなければならないとしても。気になっていることはなんだ？」

「いいニュースと悪いニュースがあります」ワリンジャーは、おかれている状況にまったく満足していない声である。「いいニュースは、クロングとパルスフに対する卓越した手段として、パルス処理した強力な重力プロジェクターが使えること。かれらが再度戦いはじめたとき、人工重力フィールドによって屈服させました」

「それに適した機械はあるぞ」と、ブル。「きみの仕様書にもとづいて修正させる。悪いニュースはなんだ？」

「クロング……あるいはパルスフは、われわれのロボット一体を文字どおり非物質化させました。稲妻が見えたと思うと、ロボットが消えたのです。測定装置がその一部を記録しました。二連続体の境界線を引き裂き、望まない対象を未知の宇宙に葬りさるような機器を持っているのではないかと危惧しています」

「セルフィル＝ファタロ装置のようなものか？」

「ええ」と、ワリンジャーはうなずく。「ただ、われわれの装置はかさばって巨大ですから、固定するか、巨大宇宙船上に設置してしか使えません。それに対し、ロボットたちは手であつかえるほどちいさなものをボディに装着しているようなのです」

「捕虜が手に入って、ますますよかったじゃないか」と、ブル。「あらたな技術を学ぶ機会を逃すことはない」

「相手がそれについて説明すれば、でしょう」と、ジェフリー。「いつも武器の話になるのが不快です。まともなコーヒーマシンの下図でも奪うならいいのに……」

最後までいいおわらずに立ちあがると、決心がつかないようにあたりを見まわし、ドアへ向かった。ところが、そこでまた立ちどまる。

「専門家としては、中途半端《はんぱ》な憶測はいいたくないのですが」と、話しだした。「でも、あなたがたは知っておいたほうがいいと思うので。クロングとパルスフの武器……この〝真空稲妻〟ですが、例の時間ダム決壊に使用した装置に思えます。攻撃自体は太陽系を脅かすふたつの怪物構造体からきましたが、命令したのは疑いなくヴィシュナです。もしもわたしの推測が正しいと証明されれば、武器の作用原理を可及的すみやかに解明するのが得策です。次の攻撃のさいに防御できますから」

＊

ガルブレイス・デイトンは、執務室の殺風景《さつぷうけい》な壁にあるスクリーンを見て考えこんでいた。コンピュータで調整された画面だが、三次元映像だの、最重要ポイントをしめす発光マークだの、不要なものはまったくない。太陽系と、雑に描きこまれた外惑星の軌道と、いびつなかたちの巨大構造体がふたつ。太陽を星系ごとのみこもうとしているかのようだ。

のみこんでも腹痛さえ起こさないだろう。そう考え、宇宙ハンザの保安部チーフは不機嫌になる。

構造体のひとつは、長い棘《とげ》を持つ球の形状である。テラの古代の武器に似ているから〝戦棍《せんこん》〟と名づけられた。もうひとつはほぼ菱形で、映像を見ると、風通しのいい格子《こうし》構造だ。戦棍のほうは堅牢な外殻がある。

太陽系の大きさとくらべると、ふたつの巨体のスケールに息をのむ。球は……棘の部分をのぞいて……直径が二光月。菱形の最長部分は七光月。太陽系のほうは海王星の軌道までをすっかり計測しても、ほぼ十光時だ。それが大きさの比較である。この映像を見ていて不快にならないのはなぜだろうと、デイトンは自問した。

この巨大構造体は乗り物であり、銀河要塞であり、二種類のロボット種族の故郷でもある。クロングとパルスフは、テラを破壊し人類を奴隷にしようとしている変節した女コスモクラート、ヴィシュナの従者だ。菱形構造体はクロングの、棘つき球体はパルスフの本拠である。数日前、両構造体は自分の構成要素の極小部分を噴出し、太陽系の内部へ送りこんだ。近づくにつれ、これらの極小断片は無数のロボットを乗せた飛行物体だと判明。大きさ数千キロメートルの不気味な飛行物体が何千隻も外惑星の宙域にあらわれ、テラの拠点、宇宙ステーション、連合艦隊などあちこちに攻撃をしかけてきた。攻撃時以外は無目的に飛行するにとどめているようで、テラの防衛部隊は、情報を集めているにちがいないという結論に達した。

ヴィシュナがこの補助種族、クロングとパルスフをどこで入手したのか、知る者はいない。しかし、変節した女コスモクラートの攻撃は予測されたものだ。じつは攻撃というより、むしろ復讐行為なのだが……彼女は自分が侮辱されたと思いこんでいるから。超越知性体〝それ〟はヴィシュナの計画を見破り、使者エルンスト・エラートを通して人類に警告をあたえた。エラートは警告だけでなく、ある計画ももたらした。それは即座に実行され、第二の地球と第二の月が創造された。エラートにそなわる触媒エネルギーの助けを借り、数百万の人間の精神力が、現在のテラのポジションの向かい側にある〝太陽の反対側〟に精密なコピイをつくりだしたのだ。コピイとほんものの違いは、ただ人間がいないこと。

ほんもののテラでは〝プシ・トラスト〟が結成され、数千人の人間が参加した。ミュータントではないが、全員、特別に強いメンタル能力の持ち主だ。トランス状態に近い強い集中力を持ち、ハイパー物理学的影響をおよぼして特定の目的を達成する能力がある。プシ・トラスト結成の功労者はエラートで、わずかな助手を使い、粘り強く任務を押しすすめた。偽の地球、偽の月の創造にかかわった数百万の人間から、プシオン性の潜在能力を強く期待できる人々を探しだしたのである。プシ・トラストに選ばれたメンバーは自由テラナー連盟の呼びかけにこたえ、チベット高地にあるシシャ・ロルヴィクへ向かった。かつてプシオン・トレーニング・センター、通称プシトレの施設があったところだ。これからの任務にうってつけであった。

銀河の力の流れに影響をおよぼし、テラ＝ルナ系の周囲に空間歪曲を生じさせたのは、プシ・トラストの精神力なのだ。テラとルナはなじみの宇宙から消え、独自の微小宇宙に存在しつづける。プシ・トラストのつくりだしたフィールドは、実際にはフィールドでなく、知覚不能な特異現象だ。素人には時間差の現象として説明するのがもっともわかりやすい。そのため〝時間ダム〟と呼ばれている。地球と月は太陽系に対して〝数秒の相対未来にある〟といわれる。これは半分しか事実ではないが、だからなんだというのだ？　攻撃者から見えないことがすべてである。敵はその怒りを偽の地球と偽の月へぶちまけるだろう。そのさい、人っ子ひとりいないと驚かれることはない。迫りくる危険を前に、人類が避難するのは当然だからだ。

危険がさしせまらないかぎり、地球は時間ダム内部の構造通廊を通して、周囲とつながっている。だが、ふたつの巨大構造体があらわれ太陽系を攻撃したため、その通廊は閉じられた。そのときから、テラ＝ルナ系と外宇宙とのコンタクトをたもつ唯一の手段は、ミニATGを搭載したツナミ艦隊だけになったのだ。

時間ダムの効果に関していえば、はじめのうちはすべてうまくいっていた。LFTはフェイント効果を高めるため、第二の地球と第二の月に重要な防衛力を集結させ、巨大構造体の極小部分が攻撃してきたさいには、いくらかの成功をおさめた。敵の乗り物の多くを破壊し、乗員を捕らえることができた。《ツナミ８０》と《ツナミ８２》は時間ダムを抜けて捕虜を地球へ連れてきた。

まさにその瞬間、ヴィシュナが攻撃してきたのである。テラナーのしかけたトリックをどう見破ったのかは謎だが、偽空間にだまされたと気づいたのだ。ほんものの地球と月のポジションを知り、補助種族を使って、もっとも恐るべき武器……ワリンジャーが先ほど〝真空稲妻〟と呼んだもの……を行使してきた。時間ダムははげしい衝撃のため、一部崩壊し、テラはカオスにおちいった。打撃を受け、死者も出た。その後、攻撃は中断された。理由はだれにもわからない。だが、あとすこしつづいていたら、テラもルナも破壊されていただろう。テラの技術では、この恐るべき兵器に対抗できないのだから。これはヴィシュナの最初の実験にすぎず、じきに最悪の事態が訪れると推測された。《ツナミ80》はかき乱された時空構造のはざまで行方不明になり、《ツナミ82》だけが捕虜を連れてテラニア宇宙港に着陸できたのだった。

だが、いまデイトンが気になっていたのは、そのことではない。かれは保安部チーフとしてプシ・トラスト計画と密接なかかわりがある。シシャ・ロルヴィクに滞在中のエルンスト・エラートとも、プシ・トラスト代表のストロンカー・キーンとも、つねに連絡し合っている。エラートはトラストのいわばメンターであり、代表のキーンはとくに秀でたメンタル能力を持っていた。

ヴィシュナの卑怯な攻撃は、メンタル能力を持ち時間ダムを保持していた人々に、かなりのダメージをあたえた。真空稲妻のはなったエネルギーの一部は、時間ダムを突き抜け、プシオニカーたちの意識をつらぬき、精神に障害をあたえた。キーンによると、攻撃の直後、数十名のメンバーが発狂寸前となったらしい。かれらは最善の治療が受けられるテラニア・シティに移送され、医療専門家たちは初期段階においてめざましい治療効果をあげた。だが、患者たちはそれ以上、完治へ向かわなくなってしまった。

その真相解明が、デイトンの任務である。このように一部分だけ治癒した人間は〝温和な精神障害者〟と呼ばれている。これがどういうことなのか、デイトンは見定めようとしていた。その対象者がひとりやってくると聞いている。

だからインターカムが鳴ったとき、どういう訪問者が立っているか、すでに知っていた。

*

「クロング」卵形ロボットが耳ざわりな声を出した。

相《あ》いかわらず淡いグリーンの冷覆バリアにつつまれている。音声がエネルギー・フィールドをどう突き抜けるのかは、謎だ。

クロングは体高一メートル半で、槍のような脚六本に支えられている。卵形というのは人類が描いたイメージであり、実際は両端がとがった榴弾のかたちだ。現在の人類にはすでにその記憶はないとはいえ、十九世紀と二十世紀には榴弾や爆弾によって潰滅的な戦争が起きた。

ボディのまんなかよりもすこし上部を、ちいさなドーム状の隆起がぐるりととりまいている。それよりも上端に近い場所には、一列にならんだスリットのような窓がある。それ以外のシルバーグレイの体表には一面にレンズが配置されていた。数十もの異なった視点から周囲を見られるよう、設計されているらしい。

だが、クロングのボディでもっとも目立つのは……上端から伸びた短いアンテナのような棒二本をのぞけば……そのアンテナとスリット窓のあいだに浮かぶ後光のようなものである。青、赤、黄と色を変えながら光るリングで、クロングの発する音はここから出ているようだ。

「われわれと会話しようとしているふうには見えないぞ」レジナルド・ブルが不平そうにいった。

捕虜ロボットは高重力フィールドを持つ大型輸送機によって、収容施設から取調室の鋼の金庫のひとつにうつされた。取調室といっても、多様な機器をそなえたラボである。テラの計測機器でできるかぎり、このクロングの各反応を検出できる。ブルとティフラーの目の前のデスクにたくさんのヴィデオ受信機があり、そこに重要な計測記録がのこされるのだ。クロングをいつでも移送できるよう、輸送機がすぐそばで待機している。高重力フィールド発生装置も、クロングの位置に照準を合わせ、設置されていた。尋問における保安処置は万全だ。あとはクロングの協力があればいい。

「われわれの言語を理解しているかどうかも、わかりませんな」と、ジュリアン・ティフラー。

「一週間以上もこちらの通信を傍受していたんだぞ」ブルが驚いて、ティフラーに向きなおった。「それなのに、われわれの言語がわからないと？」

ブルはあらためて敵ロボットに視線を向けた。

「おまえは何者だ？」強くいった。「どこからきた？　目的はなんだ？」

「クロング」光るリングから耳ざわりな声がした。

「ばかにしている」ブルが腹だたしげにうなった。「われわれの時代には、捕虜というものは、名前、地位、所属番号をいったもんだ。だが、こいつは〝クロング〟としかいわん」

ヴィデオ・スクリーンのひとつが機械音を発した。

「なんだ？」レジナルド・ブルがいらついた声でいう。

「ガルブレイス・デイトンが入室を希望しています」ロボット音声が告げた。

「入ってもらえ」ブルが命じた。

ブルの注意は捕虜からそれた。ハッチが開き、ガルブレイス・デイトンが入ってきた。ひとりではない。そのうしろには不安げに歩く、ブルの知らない女がいた。奇妙なほど不審そうな目つきをしている。ブルはティフラーにすばやく問いかけるような視線を送ったが、首席テラナーは首を振った。かれも、だれだか知らないのだ。

ハッチが閉まると、デイトンは女をさししめした。まだ若いが、その顔には苦悩が刻まれている。かわいい顔なのだが、なにも知らない者が彼女を見て最初にいだくのは、混乱しきった印象だ。

「彼女はルーダ・ノースラプ」デイトンが告げた。「シシャ・ロルヴィクでの犠牲者のひとりです」

ルーダはまったく知らない世界にきたかのように周囲を見まわした。はにかんだ微笑が浮かぶ。なにを見てほほえんだのかは、わからない。顔の向きを変えつづけている。

ブルはすばやくクロングをさししめし、

「ガル、彼女の紹介はまだ数分は待ってもらいたい。見てのとおり、ちょうど……」すこしいらだっている。

「理由がなくて、ここへきたわけではありません」ガルブレイス・デイトンがさえぎった。「ルーダがいうには、どうやら……」

「クロング！」

男ふたりはデスクのうしろで立ちあがった。この単語はもう何十回も聞いたが、今回は捕虜ロボットではなく、ルーダが発したのだ！　せわしなくあたりを見まわしていた視線がロボットを捕らえたとき、彼女の顔に、思いがけなく古くからの知人に出会ったような表情が浮かんだ。両腕をひろげ、抱きしめようとしてクロングに近づく。

「彼女を押さえるんだ」ブルが鋭い声をあげた。「なにが起こるかわからな……」かれは言葉をのみこみ、息をとめた。奇異なことが起こったのである。クロングの淡いグリーンの冷覆バリアが明滅しはじめた。薄くなり、明るくなり、ほどなくして、完全に消える。それまで側面にかくれていたロボットの柔軟なアームが、精神障害者に向かって伸びだした。

「あなたの声、聞こえます」輝く後光から、耳ざわりな声がとどろいた。完璧なインターコスモである。「あなたは指令コードを話しています」

デイトンはルーダを押さえようと追ったが、クロングのようすを見て立ちどまった。ルーダ自身、ロボットのもとにたどりつく前に立ちどまる。しかし、その両腕はロボットに向かって伸びたままだ。シルバーグレイの卵形ロボットを見つめる目は輝いている。たったいま、たぐいまれな贈り物を受けとったかのように。

「クロング……あなたの名前は？」

ロボットは答えたが、だれにもわからない。ルーダ以外は、だれにも。

「わかっていたわ。あなたが派遣されるかもしれないって！」ルーダが声をあげた。「わたしがあなたを待っていると、ここの人たちは知っていたのね」

「かれらは知りませんでした」と、ざらつくロボットの声。「かれらがわたしを派遣したわけではありません。わたしは意志に反してここへきました。だがあなたを見つけたいま、すべてよしです。あなたは、この人々の仲間ですか？」

ロボットは柔軟な把握器官のついたアームをすばやく動かし、ブル、ティフラー、デイトンをさししめした。ルーダは顔をあげ、男三人をはじめて見るかのように子細に観察する。ちいさく狡猾《こうかつ》な笑みを浮かべ、こういった。

「同じ種族だけど仲間ではないわ。かれらとわたしは精神構造が違うのよ」

「そりゃそうさ」レジナルド・ブルがこらえきれずに、かみついた。だが、ちいさな声だったので、聞こえたのはジュリアン・ティフラーだけだった。

2

ヴィシュナはことのなりゆきに満足していた。

宇宙の巨大構造体クロングヘイムとパルスフォンから遠くはなれ、自身のちいさな宇宙船内にいる。テラへの攻撃時に傍受したデータを分析していた。ヴィシュナはアルファ・プログラマーを使って、パルスフとクロングの中央制御装置を完全にコントロール下においた。ロボットたちから〝完璧形〟と呼ばれている彼女は、両ロボット種族とその巨大飛行物体にとって主君であり、指令コードをマスターした者なのだ。

データ分析には、例の卓越したサイバネティクス複合体が役だつ。テラナーがヴィールス・インペリウムと呼ぶ超巨大コンピュータである。その最小構成要素は百京《けい》個のヴィールスすなわち極小の情報マシンで、全体の大きさは十光時だ。ヴィールス・インペリウムは安全な場所にかくしてある。どんなことがあっても許可なきアクセスは防がなければならない。この先の計画の脅威になりかねないのだから。確実なかくし場所であったが、ヴィシュナは超巨大コンピュータに直接、時間損失のないアクセスをした。あたえられた解析に深く満足をおぼえる。

ロボット補助種族の武器を使って空間歪曲をこじ開けようとしたさい、その向こうに人類の故郷、ほんもののテラがかくれていることが明白となったのである。ヴィシュナは人類を、コスモクラートたちのお気にいりだと思っている。それが間違いかもしれないとは考えない。宇宙で彼女が恐れるものはただひとつ、コスモクラートの力なのだ。それゆえ、かれらにかかわるものすべてに憎しみをおぼえる。しかも人類は、ヴィールス・インペリウムの構築に関与した。ヴィールス研究者に協力し、その役割に全力を結集したのだ……ヴィシュナにいわせると、もともと彼女に帰属するものを奪うために。もちろんその試みは失敗に帰した。栄光ある力強き者には、だれも逆らえない！　だが、ヴィールス・インペリウムをめぐる戦いに人類が参加したことを、ヴィシュナは忘れなかった。だから、かれらの惑星を輪切りにすると脅したのである。それを実行するため、いま、ここにいるのだ。

憎しみのうえで認められるかぎりにおいてだが、ヴィシュナは自分をあざむこうとした人類の作戦に感心していた。母星の複製をつくり、太陽を中心とした同じ軌道、地球の向かい側に置いたのだから。パルスフォンとクロングヘイムが太陽系に近づき、最初の映像を受信したさい、目標を発見したと確信したもの。テラとルナに人類がひとりも見当たらないことには驚かなかった。迫りくる危険を前に、安全な場所に避難しただけのことだろう。ヴィシュナは地球を輪切りにするだけではなく、人類を奴隷種族にするつもりでいた。

やがて、一連のちいさな矛盾に気づいた。地球から通常の方法で送信された情報が、そのさいの地球のポジションから発信されていなかったのである。両ロボット要塞のはるかうしろで、ヴィシュナが宇宙船を目標へと動かしはじめたとき、弱い重力波が記録された。このわずかなことがヴィシュナを思案させた。ヴィールス・インペリウムを使い、テラナーの秘密を見破ることに成功する。むろん、すべては実験による立証が必要な、まったくの仮説にすぎなかったので、実験をおこない、予期したとおりの結果が出た。空間歪曲によりこの宇宙から切りはなされた微小宇宙に、真の地球があったのだ。ほんものの地球には人っ子ひとりいないどころか、何十億人もの憎きテラナーがひしめき合っていた。

だが、ヴィシュナは攻撃を途中でやめた。継続したら、地球と月が破壊されるだけではなく、住民まで絶滅してしまう。それは意図していない。前述したとおり、人類を奴隷にするつもりだ。それには次のステップをどう進めるべきか、その決定にヴィシュナは没頭した。人類が第二の攻撃を恐れて震えおののくようすを想像しては、意地の悪い満足をおぼえる。テラナーは絶望の深淵でさぞ悶《もだ》えているだろう！　クロングやパルスフの武力を無効化する手段はないのだから。こちらが短時間で攻撃を中断したのは、実験にすぎなかったからだと考えたはず。こちらが実験を成功とみなしたこともわかっているだろう。ここ数日ずっと、かれらはどれほど不安をかかえていることか！

栄光ある者ヴィシュナは深い満足をおぼえ、計画を練りあげにかかった。

＊

ルーダ・ノースラプには、シシャ・ロルヴィクでのカタストロフィ後の数日間の記憶がいっさいない。おぼえているのはひとつの映像だけ、ヴェリア・ディヴィスという女性と夕食をともにする会話をしているところだ。そのあと真っ暗な闇が訪れて……次の瞬間にはテラニアで意識を回復していた。政府庁舎にある医療センターの病室で目ざめたのだ。

人々が慎重に話してくれたことから、プシ・トラストのメンバーだった自分がカタストロフィのせいで正常な理性を失ったと理解した。狂ったとか、気が変になったとか、そんな言葉をいったいなぜ口にできるのだろう？　思考能力がほんのすこしダメージを受けただけで、永遠に治らないわけでは絶対にない。適切なセラピーを受けて、時間をかければ回復する。それまでは？　自由テラナー連盟のゲストでいればいい。

ルーダ・ノースラプのほか、シドン・ラヴェントル、パオリ・イヴェレス、チャック・ディミトルの三名もカタストロフィの〝犠牲者〟である。かれらとはこの数日で知り合いになった。犠牲者の合計ははるかに多く、噂によれば数百名にのぼるが、ほかの者たちはべつの場所に収容された。セラピーの方針で、一グループ四名以下とされたのである。

ときおり眠れなくなると……この夜もそうだ……ルーダは自分の状況に思いをめぐらせる。その日、シドン、パオリ、チャックとともに、医療センターからハンザ司令部のあるこの建物に移送された。意図があってのことだとは予想できたが、なにを望まれているのかはわからなかった。

わたし、本当に気が変になったのかしら？　ルーダは自問した。そう問えるのは正常者だけだという古い決まり文句もなぐさめにはならない。あのカタストロフィが意識内部にのこしていった異質なものが、ときおりルーダを不快にさせる。かなり努力しなければ、かつての自分を思いだすことができない。いつも不安で、なにもかもがストレスで、神経質なルーダ。かわいくて魅力的でセクシーだが、男あさりはしなかった。彼女のおちつきのなさが周囲に伝染し、崇拝者も逃げていくから。それを思いだすと、おかしくなる。いまとはあまりにもかけはなれていて、別人のようだ。いまのルーダにはもう不安はない。ストレスからも自由で、いらいらもまったくない。そのかわり、自分のなかで異質な声が未知の言語で会話しているのが聞こえる。ひょっとしたら自分にも話しかけているのかもしれない。また、おかしな映像も見える。あまりにも異質すぎて、自分の記憶から出たものとは考えられない。これこそが、彼女の意識にすみついた未知存在に由来するものだった。

その午後の出会いは、意図していた以上に彼女を興奮させた。未知存在は……そこにいた人々はロボットだといったが……なんと完璧な美の姿だっただろう！　おたがい、自然と好意をいだいた。それにしてもばかばかしい。ロボットなら、好意を感じるなどできるわけがない！　まったく、だれがそんなばかなことを考えたのか？　わたしじゃない。あの未知存在をロボットと呼んだ人々だ。

〝警備係十一号〟というのが未知存在の名前である。ルーダはなんとなく、〝かれ〟が独自の言語で……自分が相手を無意識に男とみなしたことについては、なんの釈明もしない……名乗ったととらえていた。いま頭のなかで響いている言語で。だが、かれの言葉を理解できたなんて、よく考えたら不思議ではないか？　疑問が次々に浮かんでくる。答えがほしければ、警備係十一号と話をするしかない……きょうの午後よりも、もっと長く。

なぜもっと早く思いつかなかったのかしら？　わたしは捕虜ではない。自由に動きまわれる。警備係十一号の部屋を見つけて訪ねよう。いい考えじゃない？　最高よ！　だけど……ひとつだけちいさな問題がある。例の異質な映像が意識に浮かんだとたん、方向感覚を失ってしまうのだ。ひとりで行かないほうがいい。パオリを誘おう！　午後の出会いのことをパオリに話したら、彼女も興奮していたから。

ルーダは服を着ると、数秒後にはもうパオリ・イヴェレスの部屋の扉の前にいた。パオリは小柄で、黒髪の情熱的な女性だ。ぽっちゃりとしているが、かわいらしく魅力的。大きな黒い目をしていて、感情豊かな性格だった。

「すばらしい考えね、ルーダ」ルーダが計画を打ち明けると、パオリはまくしたてた。「もちろんいっしょに行くわ！」

＊

「奇蹟をおこなう神とやらは、この数千年、まったくあらわれなくなった」レジナルド・ブルは不機嫌だ。「まさか、クロングとパルスフに対する最新兵器がルーダ・ノースラプだなんていうつもりじゃなかろうな。たんに頭がおかしいからといって」

「同胞のことはもっと思いやりの気持ちを持って話すべきです。公人の身なのですから」ハンザ・スポークスマンのグルダーコンが冷ややかに批判した。

百八十一歳のグルダーコンは中背で、特徴のない外見をしている。肌は独特なグレイの色調を帯び、顔の大部分はしわだらけだが、真っ青な目ははっきりと目ざめ、聡明である。ふだんは寡黙で、スチールヤードの外では、出自も職業もわからないと噂されていた。自分では在野の科学者と名乗っていたが、その職業は二千年も前に存在しなくなったとされる。多くの分野で卓越した専門知識を持っており、ハンザ・スポークスマンに就任以来、それを頻繁に証明してきた。レジナルド・ブルはそれゆえ、この討議にかれを呼んだのである。

「思いやりだって？」ブルが鼻を鳴らす。「それならわたしを思いやってくれ。きみがなにをいいたいのか、わからん」

「ルーダとクロングのあいだに自然発生的に相互理解が生じたのは明白です」グルダーコンが説明した。「この出会いゆえに、クロングはわれわれの問いに答えるようになりました。テラ攻撃の背景と理由に関する情報も話しはじめたのです」

「そういうことぜんぶが、ルーダ・ノースラプがシシャ・ロルヴィクで不幸に見舞われたおかげなのか？」と、ブル。

「彼女とほかの人間の違いは精神構造だけですから」ガルブレイス・デイトンが割って入った。「すべきことがふたつあります。第一。ほかのクロングやパルスフも、この……名前はなんでしたか？」

「警備係十一号」ジュリアン・ティフラーが助け舟を出した。

「ああ、それです。警備係十一号と同じような反応をしめすか、調べなければなりません。第二。プシトレのほかの精神障害者たちも同じ作用を持つかどうか」

「われわれがこのクロングの名前を知ったということだけでも、考えさせられるな」と、ティフラー。「ルーダがロボットに名前を訊いたときのことをおぼえている。答えは未知言語で返ってきたが、ルーダは理解した」

「なるほど、わかった気がするぞ」レジナルド・ブルが手をあげ、話を中断した。「つまり、このおかしな話をだれも解明できていない、ということだな？」

「せいぜいどの方向を探るべきか、予感がある程度です」と、グルダーコン。「パルスフとクロングの武器……〝真空稲妻〟がカタストロフィを引き起こした。その結果、ひとりの女性が境界性精神障害を患い、すくなくともクロング一体に説明不可能な親和力を持つにいたったわけです。武器を精査し、その作用にプシオン性要素があるか、突きとめなければなりません。もしあるならば、その方向でさらに調査が可能です」

ブルが顔をしかめた。

「われわれ、パルスフとクロングを一体ずつ分解する予定だが、それはルーダにはいえない。胸が張り裂けてしまうからな」

もっと話そうとしたが、インターカムが鳴り、ブルの前のヴィデオ・スクリーンが光った。若い男がうつり、

「こちら〝鋼の金庫〟周辺部」と、告げた。「不審な動きの女性二名が禁止区域に接近中です」

「映像はあるか？」と、ブル。

スクリーンの映像が変わり、明るく照らされた長い通廊を歩く女二名がうつしだされた。

「ルーダだ！」ブルが驚きの声をあげた。「もうひとりは、同じグループの……パオリ・イヴェレス」

ブラシのように短くした髪をなでて、いまはスクリーンにうつっていない保安係にいった。

「よく聞け、若いの。厳重に守ってほしい指示がいくつかある……」

＊

警備係十一号のいる場所は、ルーダが想像していたよりもはるかにかんたんに見つかった。ハンザ司令部のある敷地は広大だから、ここの職員もなにもかも知っているわけではない。そのため無数の案内所があり、情報ロボットが設置されている。ハンザ司令部に入った者にはだれでも質問する権利があるという前提のもと、ロボットたちは進んで情報をあたえてくれるのだ。身元確認されることもない。

「警備係十一号はどこにいるのかしら？」ルーダは行き当たりばったりにロボットにたずねた。

「そのような任務名は知りません」と、ロボット。「この建物内の全任務の名前のリストを見たいですか？」

「必要ないわ」ルーダは断った。クロングが名乗ったこの名前は、もしかしたらまだ一般には知られていないのかもしれないと思いついた。質問のしかたを変えた。「クロングはどこにいるの？」

「〝鋼の金庫〟にいます」ロボットが答えた。「地下三十五階、セクターCです。ただし、立入禁止区域です」

「そこに行くつもりなんて、ないわ」ロボットが不信感をいだく前に、パオリが急いで答えた。「どこに住んでいるのか、知りたかっただけなの」

「住んでいるわけではありません」ロボットは淡々とつづけた。「拘束されています」

「拘束！」ルーダが絶望的な声で、「どうしてなの？」

「捕虜だからです」

ルーダはそれを聞き、悲鳴をあげそうになった。だがパオリは、目立たぬようにふるまわなければこの探検が予定より早く終わってしまうとわかっていた。ルーダの腕をつかむと、ロボットの前から引っ張り去る。パオリがなだめるうち、ルーダは多少のおちつきを見せた。警備係十一号のいる場所をかならず見つけだして解放するか、なぐさめようとかたく決意する。

女ふたりは人目を引くこともなく、たいへん巧みに歩みを進めた。この夜の行進は宇宙ハンザの歴史にのこるものとなり、最終的には保安規則の抜本的な見直しにつながったほどである。部外者でも呼びとめられることなく自由にハンザ司令部内を動けると、ルーダ・ノースラプとパオリ・イヴェレスは証明してみせたのだ。ふたりは縦横無尽に歩きまわったが、狂気のなかにもシステマティックな感覚があったのか、三時間後にはセクターDの地下三十五階にたどりついた。浮遊発光標識にしたがい、セクターCへ向かう。その直後、一保安部職員がふたりを呼びとめ、すぐにレジナルド・ブルに報告をあげた。冒険がはじまったのは、それからだ。

ルーダとパオリがセクターCへの境界を過ぎるか過ぎないかのところで、若い男がひとりあらわれ、

「この区域に入る許可はあるのかな？」と、愛想よく問うた。

「あら、なんのことかしら？」と、パオリ。「だれにも呼びとめられなかったけど」

「それなら申しわけないが、引き返してもらう」職員は説明をつづけた。「ここは正式な許可がある人しか入れないんだ」

「それはロボットもいってたけど」ルーダがうろたえた。「でもわたしたち、なにか壊したり、だれかを傷つけたりするつもりはないんです。ただクロングを見てみたいの」

若い男が笑い声をあげた。

「それならお安いご用だ。ついてきてくれ」

男はうしろを向くと、通廊を歩きだした。ルーダとパオリがぴったりうしろをついていく。重厚な鋼ハッチの前で男は立ちどまり、開閉メカニズムを指さした。

「これで扉が開く。なかにはエアロックがあって、その向こうのホールにクロングがいるよ」

「エアロック？　なんのために必要なの？」パオリが愕然としてたずねた。

「クロングはどんな環境でも、それこそ真空状態でも平気なんだ」と、保安部職員。

「できるだけ快適な環境を提供するため、さまざまな気体を混ぜてためしてみた。ただ、いま現在は通常の呼吸可能な空気になっている」

ルーダがほっと息をついたのを、若い男は見逃さなかった。

「開けてもらえる？」と、ルーダが要求する。

かれは開閉メカニズムを操作し、ハッチを開けると、わきへよけようとした。だが、ルーダにはべつの思惑があった。彼女にそんなことができるとはだれも思わないような速さと器用さで、男がベルトにつけたホルスターから武器を奪う。その向きを手のなかで変えると、銃身をつかみ、殴りかかった。保安部職員は鈍い音をたてて、床に倒れた。

＊

「たまげたな。こんなはずじゃなかった！」レジナルド・ブルが思わず大声をあげて、立ちあがった。「とんでもない女たちだ……どうするつもりだろう？」ルーダとパオリがエアロックのなかに入っていくのが見えた。パオリが猛烈な勢いでルーダに話しかけている。おそらく非難しているのだろうが、なにも聞こえない。保安部職員は制服の襟の下にマイクロフォンをつけていたが、倒れたさいに壊れたようだ。

「おちついてください」ジュリアン・ティフラーがたしなめる。「まだ状況はわれわれのコントロール下にあります」

ブルは握りこぶしで警報スイッチをたたいた。虚無からあらわれたかのように、べつのスクリーンが物質化する。ハンザ司令部の保安部隊が油断なく警備中だ。

「計画変更」ブルが告げた。「女二名がクロングのいるホール前の職員を無力化した。クロングたちを解放する気かもしれない……すくなくとも、警備係十一号と自称している一体を自由にするつもりだ。いうまでもないが、どんなことがあってもそうさせてはならない」

「重力発生装置、準備完了」一保安部職員がいう。「われわれ、クロングをあっという間に指一本動かせないよう、ねじ伏せてみせます」

「いい考えだが、坊や」ブルがいやみたっぷりに、「われわれのお嬢さんふたりも、床にぺしゃんこだぜ」

「その前に彼女たちを外に出します」職員が即座に返してきた。

「すべきことをしろ」鼻息も荒くブルが命じた。「クロングをホールから出してはならない。大混乱になる。一瞬たりとも目をはなすな。すぐにそちらへ向かう！」

合図を送ると、ヴィデオ・スクリーンが消えた。ジュリアン・ティフラーはすでに出入口付近にいて、

「わたしも行きます」と、いう。「あなたは気性がはげしすぎる。おそらく状況はまだ、救いようがありますから」

レジナルド・ブルは頭を振り、いらだった口調でぶつくさいいながらドアの外に出ていった。ティフラーがぴったりとあとにつづく。のこされたガルブレイス・デイトンとグルダーコンのふたりは、多少困惑し、多少おもしろがっていた。

＊

「なんでこんなことしたの？」パオリはあきれはてている。

ルーダは気絶した男にやさしくほほえみかけて、

「わたしたちが警備係十一号を解放するのを、この人、黙って見ていたと思う？」

「解放！　ちょっと、ルーダったら、おかしくなったんじゃ……」

「知ってるわ。もうそういわれたもの」

パオリのその後の警告には耳をかたむけず、ルーダはエアロックのなかへ入っていっ

た。もうこれで成功に異議を唱える者はいないという、自信と確信に満ちたふるまいだ。エアロックの後方ハッチの開閉メカニズムはシンプルなもので、技術知識がないに等しいルーダでも、かんたんに開けられた。ハッチが横に開き、ふたりの前に、照明されてひろびろとしたホールがひろがる。そこにはクロングが十八体いた。

だれかが開閉メカニズムを操作していることに気づくと、ロボットたちはハッチの向かい側の壁までさがった。そこで思い思いの高さに浮かび、半円形の防衛前線をつくっている。だが、冷覆バリアはまだ作動していない。

ルーダとパオリは開いたハッチの前に立ちつくした。十五メートル先には一ダース半のロボットが漂っている。シルバーグレイのボディは、認識可能な細部にいたるまで、どの個体もまったく同じだ。ルーダはあたりを見まわした。突然、腕をあげ、隊列の左方に漂うクロング一体を指さす。

「あそこにいたわ！」ルーダが歓声をあげた。「かれ、すてきでしょう、パオリ？」

パオリは混乱して、ルーダの指さす方向を見た。

「どうやって区別できるの？　みんな同じに見え……」と、いいおえる前に、顔を輝かせ、大声をあげる。「たしかにいるわ！　警備係十一号よ。その隣りは歩哨八号、小計算脳、修理係……」拍手しながら、「ああ、みんなここにいるじゃない！」

クロングが動きはじめた。警備係十一号が先頭である。ふたりまで数メートルに近づくと、とまった。

「この人も指令コードを話している！」光輪から声がとどろいた。「あなたがたのような〝コード保持者〟は何名いるのですか？」

「ええと、わたしたちみたいなのは、たくさんいるわ」ルーダがよろこびに顔を輝かせた。「でも、あなたたちをまた自由にしてあげるには、わたしたちふたりで充分よ」

会話はインターコスモでかわされた。論理的に考える者ならば、自由という概念をロボットが理解できるのかと、疑問を感じただろう。だが、この会話で論理と呼べる唯一のものは、クロングたちのポジトロン性マイクロフィールド回路内にあった。

「自由？」警備係十一号がくりかえした。「この惑星の統治者が、われわれをクロングヘイムに帰還させてくれるのですか？」

ルーダが手を振り、否定する。

「ここの統治者なんて関係ないわ」軽蔑をこめていった。「わたしたちが自由にしてあげる。パオリとわたしが」

パオリはすこし前まで懸念があったが、それもいまではすっかり消え失せていた。ロボットたちの前にいると、満ちたりた感情になった。まるでいままでの人生、この瞬間をずっと待っていたかのように感じる。自分が知らなかっただけで、クロングとともに行動することだけがずっと目標だったかのようだ。

だが、ルーダの言葉は、警備係十一号のマイクロフィールド理性をかなり混乱させたにちがいない。ロボットは、空間歪曲を閉じることでこの惑星のかくれ場がつくりだされているという技術的・科学的関連事項をいくらか理解している。現場の権力者の同意がないのに、このコード保持者二名はどうやってクロングヘイムへの帰還をなしとげようというのだろう？

警備係十一号は慎重になると決めた。とにかく、クロングたちが罠にかかる恐れがある……その目的がなにかは、かれにもわからない。

「コード保持者に感謝します」と、外交的に話しだした。「しかし、われわれの帰還を円滑に進めるには、この惑星の統治者の了承が欠かせません。というよりも、明確な許可がないなら、この宇宙空間からはなれないことが望ましいです」

「わたしたちといっしょにきたくないの？」ルーダが悲しそうにたずねた。

「あなたがたとともにクロングヘイムへ帰還することだけが願いです」警備係十一号が確言した。「けれどもまずは、しかるべく前提条件をととのえなければなりません」

ルーダは目に見えて落胆した。しかし、不安定な心のせいで、長く意気消沈することはなかった。数秒後には、かわいらしい顔を輝かせ、あらたな確信に満ちてこうたずねた。

「ここにはシャット＝アルマロングのほかのファミリーもいるって聞いたわ。どこにいるの？」

「パルスフのことですね」と、警備係十一号。「われわれとは引きはなされました。ここと同じような場所に連れていかれたはずです。でも、どこかはわかりません」

「ま、それはたいした問題じゃないわ」ルーダが楽観的にいう。「あなたたちがわたしの提案に乗らなかったのは残念だけど、見殺しにはしない。LFT政府にあなたたちのことをとりなすつもりよ。そのあいだに、重要なことをしなくてはならないわ。きて、パオリ」

ルーダはふたたびイニシアティヴをとった。パオリが理解するよりも早く、その手をとってエアロックへと引っ張る。後方ハッチを閉じると、通廊へ出た。そこには先ほど襲った保安部職員がいて、意識をとりもどすところだった。ルーダは床に落ちていた武器をすばやくひろいあげ、ポケットに突っこんだ。若い男は目を開けると、驚いたようにあたりを見まわす。ルーダの姿を認めると、怒りの色が顔に浮かんだ。

「聞いて。時間がないの」ルーダはかれの抗議を制し、「パルスフたちはどこ？」

保安部職員は片腕に顔をうずめ、あいたほうの手で困ったように頭をかかえる。

「わたしがきみに、それをいうと思っているのか？」うめくように、訊いた。

ルーダが武器をとりだした。使うつもりはないし、狙いを定めていたわけでもなかったが、若い男は脅迫を理解した。

「四つ先のハッチだ」苦しげな声で、「右側の」

「立ちなさい。先に行って」ルーダが命じた。

職員は女ふたりに助け起こされ、ルーダの一撃でできたこぶに痛そうに手をやりながら、よろよろと前を歩く。逆らうことなく、パルスフが収容されたホールの扉を開けた。

そのさいあたりを見まわしたのを、ルーダは見逃さなかった。

「助けを待ってるんでしょう？」と、訊く。「助けなんて不要なの。わたしたち、悪事を働こうってわけじゃないから。痛いことして悪かったわ。でも、ほかに方法がなかったのよ」

ルーダはパオリを引っ張ると、エアロックのなかに入っていく。だが、パオリはこの件にかかわったことを後悔しはじめていた。

＊

「ふたりのしたいようにさせるんだ」と、ジュリアン・ティフラー。「われわれの予想より、成果をあげている」

かれらがいるのは、通常ならジェフリー・ワリンジャーがクロングとパルスフの研究に使っているラボである。出入口付近には、男三名、女二名の突撃部隊が待機している……保安部隊長が大急ぎでかき集めたのだ。

先ほどまで大スクリーンには、ルーダとパオリがクロングに別れを告げるようすがうつっていた。一モニターは外の通廊をうつしだしている。ルーダが武器で保安部職員を脅したときには、レジナルド・ブルはすんでのところで突撃部隊に出動を命じるところだった。

ルーダが若い職員にいった言葉は明瞭に聞こえた。かれが女ふたりをパルスフのホールに連れていき、ハッチを開くようすも全員で観察する。このあいだにティフラーがプロジェクション装置の設定を変え、スクリーンにはいまパルスフのいるホールがうつしだされていた。

ティフラーは極度に緊張しながら、展開を追っていた。女ふたりとクロングのあいだに生じた自然な相互理解は、ほとんど奇蹟に近い。テラナー女性の障害を受けた意識とロボットのサイバネティク管理エレメントのあいだに、プシオン性親和力が働いたのは明白である。この考察における暗黙の前提としては、クロングのサイバネティクスにプシオン構成要素がふくまれているということ。問題は、次にパルスフがルーダ・ノースラプとパオリ・イヴェレスにどう反応するかである。

エアロックの内側ハッチが開いたとき、クモ脚を持つ球形ロボットたちは一列になっていた。ホールには二十一体のパルスフがいる。配列が異なるだけで、ボディ表面の装備はクロングと同じだ。からだの色は褐色で、輝く〝後光〟はからだの下三分の一あたりをぐるりとかこむ。

ルーダとパオリはなかに入ったが、ハッチのところで立ちどまった。ルーダは相いかわらず感激したようすで、パオリの瞳もふたたび輝きだす。また同じことが起こるぞ、と、ティフラーは察知した。一体のパルスフが動きだし、女ふたりに向かって、ぎこちなく歩いていく。寛大なる運命が、苦しむテラナーたちに真の奇蹟をあたえたのだ！

「われわれに話しかけてください」パルスフがインターコスモで割れ声を出した。クロング同様、パルスフの声も後光から聞こえてくる。「わたしはヨルルル。このグループで最高位にいます」

「ヨルルル、あなたのことは古い知り合いのように思えるわ」ルーダが力強い声で答えた。

「わたしたち、友よね？」

「そのとおりです！」ヨルルルの声がとどろいた。「われわれ、間違っていなかった。あなたは指令コードを話します」

パオリもまた驚愕から回復していた。クロングとの接触で、ロボットとの会話にはどのような単語を使えばいいか、わかっている。

「ええ、指令コードを話すわ」と、パオリ。「わたしたちはコード保持者よ」

ヨルルルは仲間たちに向きなおり、なにか話した。固有の言語のため、なにをいったのかはわからなかったが、かれの言葉が肯定的だったことは明白である。

3

情勢はふたたびコントロール下にある。パルスフもまた、〝現場の権力者〟の賛同なしには、解放されようとしなかった。どうやら両ロボット種族には充分な判断能力があり、ぶじに地球をはなれるには、精神障害の女ふたりの協力だけでは無理だと認識したようだ。ただ、ルーダ・ノースラプとパオリ・イヴェレスに精神的な障害があることは、判断にはいっさい影響しない。むしろそれは支配者層に属する証《あか》しととらえられている。

ルーダとパオリはパルスフの収容された区域をはなれるよう要求され、それぞれの宿舎へもどされた。レジナルド・ブルは、再度このような試みが起こらないよう手配した。やがて夜が明けると、数時間の眠りを終えた女ふたりを呼びだし、話し合いをもとめた。ふたりの行動は許容できないと指摘する。彼女たちの海賊ごっこは、深刻な事態の悪化をたやすく招きうる。クロングとパルスフがあのように賢い対応をしなかったら、まちがいなく刑罰に値《あた》いしていた、と。だが、精神を病む若い女ふたりを訴える者など、実際にはいない。ルーダにぶちのめされた保安部職員でさえ、そのことを追及するつもりはなかった。

話し合いにおいて発言したのはレジナルド・ブルである。きわめて愛想よく親しげな、父親らしい口調で話をしたおかげで、打ちひしがれたふたりはとうとう泣きだした。だが、おもに観察役をしていたジュリアン・ティフラーは、ふたりの感情がほんものかどうかを疑っていた。ルーダとパオリには罪悪感などまったくない。独力で捕虜ロボットの解放を試みることはもうないだろうが、自分たちがなにか悪いことをしでかしたとは認めようとしない。ふたりの行動はプシオン性の影響を受けているのだ。それはシシャ・ロルヴィクでのカタストロフィのさい、彼女たちの意識に入りこんだもので、自分ではコントロールできない。

この話し合いには、治療グループ四名のうち、のこる二名のシドン・ラヴェントル、チャック・ディミトルも参加した。ブルは二名がルーダとパオリのような妙な考えを起こす前に、良心に訴えておきたかったのである。シドンは小柄で華奢《きやしや》な男で、すばしこく動く黒目が抜け目なく賢い印象だ。チャック・ディミトルは中背で、痩《や》せて骨ばったからだつきをしている。くすんだブロンドの髪をあまりにも短く刈っているせいで、ただでさえ立っている大きな耳がさらにきわだって見える。つねに疑り深そうな表情で周囲と向き合っていた……まるでその理性を疑うかのように。

レジナルド・ブルの父親的叱責がこの二名にどう作用したのかは、まったくもって不明である。ルーダやパオリといっしょに捕虜ロボットたちの尋問に力を貸してほしいとたのまれたとき、異議は唱えなかった。

話し合いの最後にブルは、ティフラーを考えこませる発言をした。

「遅かれ早かれ、パルスフとクロングをふたたび自由にし、パルスフォンとクロングへイムへ帰る許可をあたえるしかないと思っている。ただそれまで、できるだけ多くの情報を集めたいのだ」

ブルはこういいながら、女ふたりにほほえんだ。かれの発言は一見、ロボットたちの状態を心配するふたりをなだめるためのものに思える。だが、ティフラーは友をよく知っている。ブルは駆け引きはしない。なだめるために嘘などつかない。本気でクロングとパルスフを解放するつもりだ！

ブルはなにか計画している。ティフラーは長年の経験から、いまの時点で計画をたずねてもむだだとわかっていた。赤毛のいがぐり頭の三センチメートル下でなにを考えているのか。充分に練りあげるまで、ブリーはなにも明かさないだろう。

＊

捕虜ロボットたちへの尋問は、きわめて満足のいくものとなった。クロングとパルスフは、シシャ・ロルヴィクのプシオニカーたちの面前では、崇敬を要請する国王陛下を目の前にしたかのようにふるまった。確認できるかぎり、かれらはなにもかくさずに話した。多数の相互関係から発言内容は真実と確認でき、太古のロボット文明の息をのむような運命が、聴衆の面前でつまびらかにされた。

クロングとパルスフは元来、シャット＝アルマロングの十ファミリーに属していたという。シャット＝アルマロングとは、はるかな過去に創造された高度なロボット文明で、そのにない手については、かれらが〝主君たち〟と呼んでいること以外はなにもわからない。主君たちはある日、跡形もなく消え失せた。それからというもの、シャット＝アルマロングは、主君の帰還を待つことを聖なる任務とみなしているのである。

かなりの昔……おそらくは標準年で数百万年以上前……ロボットの十ファミリーのあいだで暴動や不正が起きたという。おもにクロングとパルスフに責任があるとみなしたシャット＝アルマロングは、この両ファミリーを追放した。クロングとパルスフは独自の巨大宇宙船兼要塞で虚無空間への道をたどったが、実際には自分たちの運命はそれほど悲劇的でないと確信していた。この広大な宇宙のどこであろうと、主君のひとりに出くわす見込みは同じ、との見解ゆえ。主君は指令コードによって識別できるはず。そのコードを主君が使えば、ロボットたちはしたがうしかないのだから。

クロングとパルスフの宇宙船は隣り合って飛行した。追放の原因となった騒動はおさまっておらず、パルスフとクロングはたがいを敵とみなしていた。はてしないともいえる長い年月ののち、パルスフはクロングを決定的に打ち負かす計画を練りあげた。主君の出現を待つことに倦《う》んだ自分たちが、指令コードをマスターした者を製造しようとしている、という噂を流布《るふ》させたのだ。クロングは、模造主君であってもいないよりはましだとみずからにいいきかせ、パルスフの貴重な製造品を奪おうとした。ついに成功したが、それはパルスフがそうさせたからだ。一見、大成功の掠奪ののち、クロングがクロングヘイムに持ち帰ったのは、一有機形成物であった。それは真空にさらされたとたん、菌糸のごとくひろがって錆《さび》を生じさせた。クロングらがほんのすこしでも不注意だったら、いまごろ存在していなかっただろう。だが、最後の瞬間に気づき、非常に苦労したとはいえ、危機をまぬがれた。

クロングとパルスフが決着をつけようと戦闘を開始したちょうどそのとき、宇宙の深淵からあらたな存在があらわれた。指令コードをマスターした者である。クロングとパルスフは彼女に服従すべきだと納得し、仕えるようになった。最初の任務は、有機生物が居住する〝テラ〟という名の惑星を見つけだすこと。軌道から引きはなして切断し、搬出してべつの場所で再度組み立てるのだという。

ロボットたちが〝完璧形〟と呼ぶ存在は、探すべき惑星がある太陽系の座標をあたえ、すみやかな出発を命じてこういった。

「わたしは近くにいるが、だれにも発見されない距離をたもっている。なにが起こっているかは、つねにわかるので、それに応じておまえたちに命令をあたえよう」

そのようにしてテラへの攻撃がはじまったのだという。クロングとパルスフの発言を聞いていた者たちにとり、完璧形がだれのことかは明確だった。ヴィシュナだ。

ロボットたちはそれだけではなく、技術の細部について、宇宙船兼要塞の構成・構造について、自分たちの組織構成について、忌憚《きたん》なく語った。クロングとパルスフがたがいを敵とみなしていることも、完璧形の命令によって一時的に協力態勢にあるだけだということも、かくしだてしなかった。

尋問は数日間におよんだ。その最後にプシオニカーたちは、悲しい任務をあたえられた。パルスフとクロングのそれぞれ一体はパルスフォンやクロングヘイムにもどれないと、ロボットに伝えなければならない。コード保持者たちがシャット＝アルマロングのロボット二タイプの内部構造を知る必要があるためだ。よって、一体ずつが犠牲となる。これを伝えることは、パオリとルーダにはできなかった。ルーダがいうには〝ロボットたちがだいじな存在になりすぎて〟とのこと。チャックも難色をしめしたため、のこるはシドンだけとなり、かれは了承した。

クロングもパルスフも、この要求に冷静に応じた。

「指令コードを話す者の意志であれば、そうするべきです」と、両ファミリーとも同じ文言で答えた。

*

「ブリーはなにを考えているんだ？」

ジュリアン・ティフラーの質問に、ジェフリー・ワリンジャーは驚きと非難の目で相手を見つめた。

「わたしをなんだと思うんです、予言者ですか？」

「かれはなにか計画を練っている」と、ティフラー。「われわれの目には混沌しか見えないのに、ブリーは関連に気づいている。いったいどこから情報を得たんだ？」

「わたしではありません」と、ワリンジャー。「わたしだってまったくわからないんですから。精神物理学者たちもこの問題にとりくんでいます。かれらになにかいわれたのでは？」

ティフラーはシートによりかかると、笑みを浮かべた。ここにきたのは、宇宙ハンザの科学部チーフともっと重要なことを話し合うためである。レジナルド・ブルのことは偶然、話題にしただけだ。

「この事件には注目すべき観点がいくつかある」と、ティフラー。

「はあ、そうなんですか？」ワリンジャーが皮肉をにじませる。

「ルーダがクロングのホールに侵入したときのことだが、彼女はロボットたちが名乗る前から、その名前を知っていた」

「名乗るというより、音を響かせただけです」科学者が訂正した。「ロボットたちとプシオニカーたちとのあいだにメンタル・コンタクトがあることは考えられますね。それもプシオン能力によるものではなく、精神ダメージの結果です」

「つまり、クロングとパルスフは有機性の思考コンポーネントを持つことになる」と、ティフラー。

「ほんとうに有機性なのか、あるいは疑似的なものか」ワリンジャーがうなずいた。

「ロボット二体を分解すれば、それもわかるでしょうし、ほかのことも明らかになるはずです」

最後の言葉には奇妙なアクセントがあった。ティフラーは聞き逃さなかった。

「ほかのこと、というと？」

「クロングとパルスフは、ものすごく混乱しているにちがいない……そう考えたことはありませんか？　自分たちを創造したのは一知性体種族であると信じ、その種族を〝主君たち〟と呼んで、帰還を数百万年も待っていた。そのうち、主君をひとりでも見つけられれば幸運としなければならないと、確信するようになる。こうしてたったひとりの主君を待ちつづけるようになった。ふたたび数十万年が経過し、クロングとパルスフはシャット＝アルマロングの……ちなみにこの名前もルーダは、かれらの音響による返事を聞く前から知っていました……共同体から追放され、宇宙をあてどなくさまよっていた。そこに突然、指令コードをマスターした者があらわれたのです。待ちわびていた主君、完璧形が。夢が成就したわけです。ところが、実際はすこし違った。ロボットたちの一部がテラへたどりついてみると、そこには指令コード保持者がうようよいた。ロボットたちの意識になってみてください。かれらは明晰な思考の持ち主です。何百万年も見つからなかった主君がいま突然あふれかえっていることに、気づいていないと思いますか？」

ティフラーは、それに思いいたらなかったことを認め、

「ロボットたちはどう反応している？」と、訊いた。

「わかりません。でも、問題に気づいていることはたしかです。かれらの意味論にあらわれていますから」

「その意味論について説明してくれ」ティフラーは楽しげにいった。「わたしはなにもわからないぞ」

「ヴィシュナは完璧形であり、指令コードをマスターした者。プシオニカーたちはコード保持者であり、指令コードを話す者。これがどういうことか、わかりますか？」

「どういうことだ？」

「ロボットたちは〝主君〟の語を使わず、代用表現を使用している。まだ確信が持てな

いからです。完璧形、コード保持者、マスターした者、話す者などの表現を考えだし、真相が究明されるまでは棚あげしているのです」

「つまり、われわれはまだ勝利しているわけではない、ということか？」

「勝利？」ワリンジャーが笑いだした。「ああ、ティフ、あなたの楽観主義がうらやましい！　勝利だなんて。われわれ、どうしたらいいのか、まったくわからないんですよ。相手はヴィシュナ、変節した女コスモクラートなんですから！　すくなくともいまの瞬間、ひどくおびえないでいられることをよろこぶしかありません。この祝福すべき瞬間ができるだけ長くつづくよう、祈るだけです」

「おお、賢者のなかの賢者よ」ティフラーがからかうようにほほえんだ。「本当に事態をそこまで悲観しているなんて、いわないでくれ」

「わたしがそれほどの賢者だったら、悲観するしかない状況ですが」ワリンジャーは真顔である。「ほかにお話ししたいことがあるのです。時間ダム決壊のさいの不思議な現象のことをおぼえていますか？」

ティフラーはすぐには思いだせない。この数日、あまりにも多くのことを気にとめなければならなかったから。すこし考えると、不明瞭なイメージが意識に浮かんできた。ヴィシュナの攻撃。時間ダムの決壊。テラにもたらされた混乱。プシトレでのカタストロフィ……ああ、これのことだ。空間歪曲を突き抜けてテラに到達した〝ある現象〟について、ジェフリーが報告してきたのだった。

「なにがあったのかさっぱりわからない、と、きみがいっていたもののことか？」と、ティフラー。「四次元的な説明がいっさいできないとの話だったが」

「ええ、それのことです」と、ワリンジャー。「真空稲妻の放電現象について、分析を試みました。わたしの機器で記録可能なかぎりですから、データは多くありません。そこから時間ダム決壊に使用された武器を逆推理したところ、真空稲妻と同じ原理のものでした。技術的な説明は省略します。実験モデルを考案し、〝ある現象〟がテラに到達した経過をもう一度計算しなおしました。プロセスそのものは依然として不明ですが、奇異なある種の特徴がありました。すべては、わたしの実験モデルが正しいとしての話ですが」

ワリンジャーはいったん中断すると、ティフラーを催促するようにじっと見た。

「当てろということか？」と、ティフラー。

「まさか。絶対に当てられません。その現象は未来からきたんです。アインシュタイン・ダイヤグラムの第一象限からわれわれのもとに落下したと考えると、移送プロセスのある観点が説明可能になる。明らかに因果律がおかされています」

ティフラーは食い入るようにワリンジャーを見たが、どうやら話はこれで終わりらしい。

「それでわたしにどうしろと？」首席テラナーは落胆ぎみである。

「べつに、なにも。あるものが未来からきたというのは、科学的見地からのみ価値のあることですから。しかし、それがきた事実そのものは、あなたのような戦略家をも錯乱させるはずです」

ティフラーは相手を凝視した。数秒後には、困りはてて首を振った。

「錯乱から救ってくれ」ティフラーがたのんだ。「恍惚《こうこつ》にいたるきっかけを逃したようだから」

「あるものがヴィシュナからきたと仮定しましょう」ワリンジャーが声をあげる。「それはなぜテラにきたのか？　われわれを破滅させるためです。しかし……クロングヘイムとパルスフォンと真空稲妻だけで、すでに充分われわれを処理できるのに、なぜ？」

「なぜ？」と、ティフラーがおうむ返しする。「それは、やはりヴィシュナが関係していないか、あるいは、ロボットを使う作戦が失敗に終わったときの奥の手だからだ」

ワリンジャーが放心してティフラーを見ながら、かすれ声でいった。

「もうずっと……知っていたんですか？」

「知っていたわけではないが、予想はしていた。ヴィシュナは充分に賢いから、戦闘計画がたったひとつのはずはない。いつだって逃げ道をあけておくはずさ」

ワリンジャーのがっかりした表情に気づくと、ティフラーは声をあげて笑った。友の

肩をたたき、

「気にすることはない、ジェフリー。科学者の思考はたいていまわり道して目的地にたどりつくと、世界じゅうがとっくに知っているんだから」

「わたしはいったいぜんたい、なんの役にたつんでしょうか？」ワリンジャーが大げさに嘆いてみせた。

「教えてやろう」と、ティフラー。「現場に行ってその現象を見つけ、本当にヴィシュナからきたものなのか、立証するんだ」

＊

正午を過ぎて、レジナルド・ブルはようやく私室の静けさのなかにいた。危機的状況以外はそっとしておいてほしい、と、指示をのこしてある。数時間、休息ではなく、集中したかったのだ。ある決断をしようとしていたが、その前に充分な思案を要するから。

お気にいりの飲み物をすすりながら、ラウンジの大きな安楽椅子に身をあずけた。窓の役目もはたす大スクリーンはスイッチを切ってある。自動照明装置の光量も最小限まで落とした。ゆっくりして、この数時間に考えていた種々の内容をまずはまとめたい。ブルはリラックスする技術にたけており、数分後には内面のバランスをとりもどした。これで喫緊《きっきん》の問題に集中できる。かれは自分との対話をはじめた。

分別を失いそうになっているな。そうなりそうだ。状況はいままでにないほどいきづまっている。極端な状況には、極端な解決策が必要だ。

目下のカタストロフィへとつながる一連の事件の発端《ほったん》は、もはやおぼろになっていた。人類が宇宙的な力の領域に入りこんでからというもの、次から次へ、事件がつらなってきたのだから。その存在を予測すらしなかった種々の関連が明らかになった。謎のまま終わったものもある。人類はひとつの網に巻きこまれたかのようだ。そこから解放される最後の機会は、はるか昔に逃してしまった。それからというもの、身動きするたびにさらに深く、さらに強く、からみあう網に巻きこまれていくこととなった。クモの巣に引っかかったハエのごとくである。

最近起こった驚愕すべき出来ごとのはじまりは、フロストルービン宙域に出現した、とてつもなく巨大な未知艦隊だ。フロストルービンは超越知性体セト＝アポフィスの影響と直接の関連を持つと推測され、かなり以前からテラナーの関心の的であった。ペリー・ローダンはおよそ二万隻を数える銀河系船団をひきいて、事態をたしかめるためフロストルービンへ向かった。故郷銀河から〝自転する虚無〟までの三千万光年の区間には、原始的なハイパーカム・リレーしかない。銀河系船団からはいっさい連絡がなく、テラニアでは、自然現象の結果か意図的作用によって通信リレーが使用不可能になったと受けとめざるをえなかった。何週間ものあいだ、そういいきかせてきたのだが、いっさいの連絡がないまま数カ月が過ぎたとき、通信リレーの故障以上の重大なことが起こったのだと予感した。

フロストルービン宙域へ捜索隊を出動させたのは、レジナルド・ブル自身である。だが、捜索隊は成果なしに帰還した。セト＝アポフィスの補助種族の宇宙船を何隻か見かけた以外、ほかの艦船は発見できなかったのだ。銀河系船団は跡形もなく消えてしまった。巨大艦隊もまた消えたと、当時まだ使用可能だったハイパーカム・リレー経由で、《プレジデント》が報告してきた。かれらになにが起こったのか？　あの巨大艦隊はどこからきたのか？　フロストルービン宙域に秩序をもたらすため、セト＝アポフィスが送りこんだものと解釈するのが正解に近いだろう。巨大艦隊が銀河系船団を潰滅させ、その後、母港へもどったのか？　だが、大規模な宇宙戦ののちフロストルービン宙域に秩序がもどったのなら、その痕跡がのこっているはず。宇宙船の残骸、エネルギー流の残留、あちこちの生存者などだ。だが、捜索隊はそういったものをなにひとつ見かけなかった。

それでもセト＝アポフィスが関与したにちがいないとの仮説は、いまもなお執拗にのこる。エルンスト・エラートによると、異超越知性体は意識がない状態らしい。長いあいだ動きがなかったのは、そのせいだろう。工作員ももう活動していないし、危険な武器もしずまりかえったままだ。この沈黙は……銀河系船団の各艦船の運命がどうであるにせよ……セト＝アポフィスが決定的に勝利したというサインではないのか？

頭を悩ましてもむだだ。ペリー・ローダンと銀河系船団のことは当てにできない。容赦ない運命に粉砕されたのでなく、広大な宇宙のどこかで生きていてほしいと望んでいる。それだけである。

いまやセト＝アポフィスだけではなく、ヴィシュナも人類の脅威となった。ほんの数日前まで、テラの滅亡は防ぎようがないと見えた。だが、そこで奇蹟が起こった……こうなると、自分がグルダーコンにいったことは神への冒瀆《ぼうとく》に思えてくる。シシャ・ロルヴィクでのカタストロフィによって精神に障害を受けた者たちが、人類にとって、迫りくる死滅的危機を回避する最後のチャンスとなったわけだ。このチャンスを逃していいのか？　とんでもない！　安楽椅子にすわって、考えごとに時間を費《つい》やしていていいのか……一秒一秒が貴重ないま、このときに？

ブルは勢いよく立ちあがった。照明が明るくなった。

「ナム・ダアルと話すぞ」と、ブル。「いますぐに！」

＊

「わたしの決心はかたい」ブルが話す。「だが、きみの分析結果がポジティヴでないと実行にうつせないのだ」

エレク・ナム・ダアルは背の高い、痩せたアラスである。黙ったままブルを凝視している。この瞬間、アラスにいえることはたくさんあった。〝ばかばかしい。なぜ、あなたがそんな危険をおかすのですか？　ほかの人にやらせてください〟……だが、黙っていた。エレク・ナム・ダアルは重要なことしか口にしない。それは、レジナルド・ブルがこの精神物理学者を評価している性質のひとつである。

「分析はポジティヴです」エレクがようやく口を開く。「ただ、いくつか制限があります」

「どのような？」

「効果は時間が限定されます。最長で三十時間です」

「三十時間たつとどうなるんだ？」

「効果が消えます。わたしがそう調整するので」

「なんだって？　そう調整しなかったら？」

「それは学問的な問いかけでしょうか……」

「わたしは学問をおさめた人間だぞ。アラスの石頭！」ブルが癇癪《かんしゃく》を起こす。「学士号を見るか？」

ナム・ダアルは薄い唇に寛大な笑みを浮かべた。

「三十時間たつと効果は非可逆的なものとなり、永久にもどせません」

「そのリスクは受け入れなければ」

精神物理学者は首を振って否定した。

「もしもあなたがそうお考えなら、わたしはおります」

レジナルド・ブルはそれには応えない。しばらく思案していたが、顔をあげ、アラスを見た。

「すべて準備してくれ」と、ブル。「ふたりともきみに細工してもらう」

ナム・ダアルが去ると、ブルは宇宙ハンザの保安部チーフに連絡をとった。ガルブレイス・デイトンは連絡を待ち受けていたようだ。緊張した面持ちで、ブルをじっと見つめた。

「準備できたぞ、ガル」と、ブル。「われわれ、ゴーサインを出す」

デイトンがうなずいた。かれがこの瞬間なにを感じているのか、まったくわからない。緊張は消え、無表情になっていたから。

「そのほかの準備はすべて終わりました」と、デイトン。「例のプシオニカー四名の近しい親戚の住所と氏名を全員ぶん、そろえました。全員、われわれの招待を受けるにちがいありません」

その後、レジナルド・ブルはハンザ司令部にもどり、サシャ・インを迎えた。つい最近、時間ダムを通り抜け、テラニア宇宙港にたどりついた《ツナミ８２》の女艦長である。外見は醜い小人のようだ。ときに反抗的で、つねに伝統にとらわれない物言いをするが、天才的航法士といっていい。辛辣《しんらつ》な態度にもかかわらず、操縦士、技術者、コンピュータ専門家など多数の者が彼女の下で働きたがる。

サシャが報告をはじめた。いま太陽系では動きがない。クロングとパルスフの巨大宇宙船の断片はいまだに外惑星の宙域を行き来しているが、その数はしだいに減っている。巨大構造体……クロングヘイムおよびパルスフォンという名の宇宙船兼要塞へ、次々にもどっていくからだ。両要塞は秒速百キロメートルにも満たない相対速度で太陽に向かっている。じきに相対的に静止するだろう。この三日間、攻撃者と防御者の衝突はまったく起こっていない。

「休息を一日とってほしい」サシャが報告を終えるとブルがいった。

「なぜです?」と、サシャ。「疲れて見えますか?」

「いや」ブルがにやりとした。「積み荷をたのみたいのだ」

「おや?」

「ヴィシュナの攻撃直後に82が持ち帰った金属物体のことをおぼえているな?」

「忘れるわけがありません」サシャが暗い顔になる。「あのとき80が失われた」

よく知らなければわからないが、この小人は心の奥底を揺さぶられると、ぞんざいな態度になる。なにか感じていると周囲に知られたくなくて、仮面を使うのだ。

「あのブリキ男たちにはまた外に出ていってもらう」と、ブル。

「え？」

短く鋭いひと声を発しただけだが、サシャの目は怒りに燃えた。二秒のあいだ、こぶしを握りしめ、いまにもハンザ・スポークスマンに跳びかからんばかりになる。だがその後、力を抜いた。腕を下におろすと、聞こえるか聞こえないかの声で、

「最初は非常に重要なものだといわれましたね。そのために四十二名もの要員が死に追いやられた。なのにいま、ふたたびこっそり追いだすのですか」

レジナルド・ブルは身動きしなかった。

「われわれ、だれも死に追いやっていない」と、まじめな声でいった。「82がわれわれにもたらした積載物は、重要な意味のあるものだった。クロングとパルスフについての根本的な知識をあらたに得られたのだ。捕虜ロボットたちは追いだすのではない。出撃させるのだ。われわれのために！」

サシャが驚いて顔をあげた。

「数名の乗員もいっしょだ」と、ブルがつづけた。「きみの滞在場所を知らせ、いつでも連絡がとれるようにしておいてくれ」

ブルは背を向けると、出ていった。サシャは言葉もなく、そのうしろ姿を見ていた。

4

「ここで重要なのは」レジナルド・ブルが一同に説明する。「クロングとパルスフに対するヴィシュナの呪縛を、われわれが打ち破れる可能性があるということだ」

「医療専門家に頭がおかしいといわれている四名を使って、ということですね」ふだんはおだやかなジェフリー・ワリンジャーが、めずらしく皮肉をきかせた。

「四名とも、ふだんの行動は以前と変わらず論理的だぞ」と、ブルが反論。「大半の時間はそうだ。状況を理解し、なにがもとめられているかも承知している」

「なんですって？　事情を知っているのですか？」ジュリアン・ティフラーが驚きの声をあげた。

「話した。事態の危険性を説明し、かれらがわれわれの唯一の希望だと伝えた。わたしの計画に乗ったよ。解放する捕虜ロボットたちといっしょにクロングヘイムとパルスフォンへ行くことになった」

「裁判になれば、かれらの同意は無効です」と、ワリンジャー。「その能力を有していないんですから」

「後見人の了承を得てある」

「それは……」

ブルがうなずいた。

「時間がない。テラを救いたいなら一秒たりともむだにできない。われわれの計画はだいたい筋が通っているし、事態の情勢が許すかぎりにおいて安全だ。心配無用。わたしの独断ではなく、ネーサンの判断でもあるから。それにもとづいて、すぐに必要な準備にとりかかった」

ワリンジャーがガルブレイス・デイトンにからだを向け、

「きみの意見は？」と、たずねた。「話を聞いているだけで、身じろぎひとつしないが。精神障害のある四名が自殺行為そのものの使命に送りだされようとしているのに、なにも意見がないのか？」

デイトンは笑みを浮かべ、手を振った。

「そういきりたたないで、ジェフリー」そう答えた。「わたしも首までどっぷり浸かっているんです。ブリーが〝われわれの計画〟といったでしょ？」

科学者は放心状態でデイトンを見つめ、

「きみまで？」と、うめいた。「どうかしてしまったのか？」

ティフラーがワリンジャーの腕に手を置いた。

「ブリーの話のつづきを聞こう」と、いい、「まだつづきがある気がする。プシオニカーたちがパルスフォンとクロングヘイムにたどりつき、そこのロボットたちも捕虜と同じように恭順の意をしめしたとして、四名はなにをするんです？」

「中央制御装置を探してもらう」レジナルド・ブルが進んで説明した。「いままでに得た情報によると、ヴィシュナは一度だけある道具を持ってそこを訪問し、制御装置を操作したようだ。おそらく、自分の命令にしたがうようにプログラミングしたのだろう」

「あの四名に、プログラミングを解除させると？」と、ワリンジャー。

「あるいは、装置を破壊させる」ブルが答える。

「かれらにできると思うのですか？」

「あっさりとはいかないだろう。四名は技術的な経験に乏しいからな。ルーダ・ノースラプはまったく経験がない。明かりをつける命令をサーボに入力することさえできないほどだ」

ワリンジャーが混乱したように頭を振り、

「あなたは自分の計画に不利な論証をしてますよ。わかっていますよね？」

「まだ話は終わってない。当然ながら、ルーダ、チャック、パオリ、シドンは監督なしに計画を実行するわけではない」

「監督がいるんですね。だれです？」

「ガルブレイスとわたしだ」

それを聞いて一同は沈黙した。ティフラーとワリンジャーは聞いたことを理解するのに数秒を必要とした。とうとうティフラーが口を開いた。

「どう……どうやってクロングヘイムとパルスフォンに行くつもりですか？　トランクにかくれるとか、貨物に変装するとか？　ロボットはあなたたちを見つけしだい、抹殺しますよ」

「その恐れはない」ブルがしずかに答えた。「われわれも四名同様、歓迎されるだろう」

「でも、どうやって……それはつまり……」

「ガルもわたしも、精神障害者としておもむくのだ」ブルは言葉に詰まった相手に解答をあたえた。

＊

エレク・ナム・ダアルがこの計画を狂気の沙汰だと思っているのはたしかだった。それでも、計画実行のための精神物理学的条件をひとつずつ明らかにしていく。

「わたしが手術すれば、どんな人間の脳も四名のような精神状態に細工できます。クロングもパルスフも、改造された脳と精神障害者のそれとを区別できないでしょう……かれらのプシオン的実証方法がわれわれの知らないものでないかぎり」

「それについてはわれわれ、もちろんたしかめる」と、ブルがいった。「ロボットたちがガルとわたしに対し、プシオニカー四名と同じ反応をしめすと確認してから、出発するつもりだ」

「頭のおかしいレジナルド・ブルか。人類の年代記の記念すべき一章になりますな」ティフラーがにやりとした。だがすぐにまじめな顔になり、「おかしくなったあなたになにができるというんです？　プシオニカーたちのように無力になるんですよ」

「いや、そうはなりません」と、アラス。「ブリーには、使命の細部までひとつひとつを明確にし、いわば正しい軌道を保持してくれる後ヒュプノ・ブロックがありますから。もちろん同じことがガルブレイス・デイトンにも当てはまります」

ワリンジャーが疑り深く首を振る。

「それでもこの件はどうも気にいらない。手術の効果は時間が限定されるといったな？」

「三十時間です」と、ナム・ダアル。「それ以上になると、レジナルドもガルブレイスも永遠に精神障害になる恐れがあります」

「使命をはたす前に三十時間が経過したら、どうなるのだ？」

「わたしに訊くんですか？」と、アラス。「わたしは精神物理学者で、戦略家ではありません」

「プシオニカーたちを連れていく理由のひとつが、まさにそれだ」と、ブルが割って入った。「ガルブレイスもわたしも、また正常にもどるつもりでいる。だがプシオニカーたちの精神はそのままだ。ロボットたちがわれわれに襲いかからないようにするのが、かれらの役目なんだ」

「中央制御装置の破壊に成功した場合、どうなるんです？」と、ティフラーが訊いた。

「クロングもパルスフも、あなたたちが指令コードを話しはするものの、望んでいた保持者ではないとわかるのではありませんか？」

「そうなってみるまで、わからん」と、ブルは肩をすくめた。

「帰還はどうやって？」と、ジェフリー・ワリンジャー。「この賢い計画には、あなたがたがパルスフォンとクロングヘイムから出発する方法は入っているんですか？」

「ガルが説明する」と、ブル。「脱出計画はかれが立てた」

「われわれ、荷物を持っていきます」ガルブレイス・デイトンが説明をはじめた。「クロングとパルスフにはなんとか説明がつくでしょう。ブリーがクロングヘイム、わたしがパルスフォンに向かいます。われわれの荷物は転送機とハイパーカムです。指令を受けたツナミ艦二隻が宇宙船兼要塞の前庭に待機し、われわれの合図を待ち、こちらが合図を送ったら、二隻が接近する……危急の場合はATGフィールドの防護下で。ツナミ艦にも転送機があるから、そこへわれわれはジャンプするわけです。転送機はコンピュータ操作で同期するため、転送ミスも起きない」

ワリンジャーがうなずいた。その表情から徐々に疑念が晴れたのが見てとれた。

「なにもかも綿密に考えたようですね」と、またうなずいた。「状況しだいで成功の見こみがある。ひとつわからないことがあるんです。どんな口実を使ってクロングとパルスフに近づくんですか?」

「口実が必要だとは思わない」ブルが答えた。「ほかのロボットたちが全員、捕虜同様の反応をするなら、われわれにきてほしいと自分から望むだろう」と、にやりとした。「われわれ、クロングとパルスフが長いあいだ待ちわびてきた目的の成就をもたらすという崇高な意図のためにおもむく。主君になるということ。われわれの支配のもと、かれらは将来ずっと、ポジトロン性の混乱やマイクロフィールドに起因する心配のない生活を送るのだ」

この皮肉のつもりの予言がじつに奇妙なぐあいに実現することになるとは、ブルはそのとき予想もしなかった。

＊

奇妙な感じだ。

自分の内面に耳をすます。苦悩も心配もないことに気づく。こんなに気持ちが軽かったことは、もう長いあいだなかった。世界はすべて正常だ。

〈注意しろ！〉内なる声が警告する。〈だまされるな〉

このあとかれは、内なる声を〝合成の良心〟と呼ぶことになるのだが、はじめて聞いたこの瞬間は腹をたてた。一時間前にはまだ感じていた高揚感をじゃまされたのだから。

〈わかっている〉と、声がいう。〈だが、おまえが細工を施されたのは高揚感に酔いしれるためではない。おまえには任務がある。すわって、名前を書くのだ〉

かれは怒りを感じたが、したがった。席にすわるとフォリオを一枚とり、ペンを手にし、自分の名前を書いた。

〈いいぞ〉と、声が褒《ほ》めた。〈これでわかっただろう。わたしはおまえのことをいつだって、狂気から救いだせる〉

ブルはペンをほうった。いい気分がだいなしだ。そこで思いだす。手術が終わって、エレク・ナム・ダアルが自分を精神障害者につくりかえたのだ。あたりを見まわしたが、自分のいる場所を認識するのが難儀だった。しばらくたってようやく前にきたことがある場所だと思いだした。ここはハンザ司令部のなか、司令センター近くの会議室だ。

わたしはなにを待っているんだ？

パルスフのクサールを連れてきました」インターカムから声がした。「入室させていいですか？」

「パルスフのクサール！　その名前を聞いたとたん、親しみとよろこびの念がわいた。

クサールとは、友だったか？

〈注意しろ！〉声が二度めの警告をした。

「入室させろ」ブルがうなった。

扉が開いた。パルスフが細いクモ脚で部屋に入ってくる。浮かぶ光輪がきらめいた。

「指令コードを感じます」と、がなりたてた。「あなたはコード保持者のひとりです」

「わたしはコード保持者のひとりだ」ブルが肯定した。「きみを呼んだのは、パルスフォンへの帰郷について話すため」

ここはパルスフが異議を申したてるべきところだった。重要事項はグループの最高位のヨルルと話さなくてはならない。クサールが異議を唱えなかったのは、指令コードが効いている証拠である。クサールはコード保持者が間違えるなどありえないと思っていた。

「現場の権力者の許可はありますか？」クサールがたずねた。

第二のテストだ！　クサールはブルと向かい合っても、かれが〝現場の権力者〟だとわかっていない。これまでに何度も会っているのに。指令コードが記憶を無効化したのだ。

「わたしが説得した」ブルが答えた。「きみたちの出発にとって都合がいいのはいつだ？」

「われわれの出発？」パルスフが問いかえした。「われわれ全員、コード保持者がパルスフォンに連れていってくれると信じています」

「そのつもりだ。三名がパルスフとともに、ほかの三名がクロングとともに行く」

クサールはここでも反論しなかった。内心では、狂ったクロングなどコード保持者のそばにいるにはふさわしくないと考えたが、やはりここでも反抗的考えを指令コードが排除した。

「きみたちが指令コードをマスターした者と最後にコンタクトをとってから、長い時がたつ」ブルがつづけた。「われわれがこの惑星を去るのは、テラ船によってのみ可能だ。パルスフォンへの接近はどのようになる？」

「太陽系内部には、われわれの宇宙船がたくさんあります」と、クサール。「そのうちの一隻をめざします。ヨルルが通知すれば問題はありません。われわれが乗船したあと、テラ船は即座に撤退しなければなりません。その宇宙船からパルスフォンへの接続が開始されますから。ファミリー長たちの会議に連絡がいけば、すべて完了です」

「よろしい。行っていいぞ。出発は五時間後だと全パルスフに伝えてくれ。時間がどういうものかは、知っているか？」

「異人の言語を学んだとき、時間と空間の概念を知りました。ひとつ質問をしてよろしいでしょうか、コード保持者」

「許可する」

「異人に捕らえられたとき、われわれの仲間は、いまよりはるかに多くいました。異人がタイタンと呼ぶ天体に百体以上のパルスフが拘留されています。かれらもパルスフォンへ帰還できるのでしょうか？」

「われわれとではないが、かれらも近いうちにつづく」と、レジナルド・ブル。「テラナーの権力者たちにそのように働きかけておいた」

「〝計画パターン〟が実現するよう配慮してくれたのですね。それにより、われわれ従者は成就のレベルにより近づくことができる」と、クサールが説明した。「あなたは真のコード保持者です」

　扉が開き、パルスフが出ていく。

〈よくやった〉と、合成の良心が褒めた。

＊

《ツナミ82》が、ミニATGのつくった名もない空間を進む。二秒の相対未来に存在するといわれる、虚無からできた泡である。レジナルド・ブルはシートにすわりハーネスを締め、コントロール・パネルの明滅する光を凝視していた。なぜ自分はここにすわっているのだ？　ツナミ艦の操縦など、なにもわからない。

「ATG段階、成功裡《り》に終了」どこか近くで操縦士がいった。

「探知！」甲高《かんだか》い女の声が答えた。「天王星軌道にパルスフの宇宙船。コースを定めよ！」

「コース、定めました」と、オートパイロット。

〈目をさませ〉と、合成の良心がレジナルド・ブルにいった。

不明瞭で朦朧《もうろう》とした思考の霧のなかから、ある姿が浮かびあがる。ブルは最初、心の目にうつる映像かと思ったが、その後、なにか現実のものだとわかった。ヨルルという名のパルスフだ。同胞たちとともに入っていた貨物室から連れてこられた。ヨルルの横を歩くのはガルブレイス・デイトン。そのうしろにはルーダ・ノースラプとチャック・ディミトルが待機している。

コンピュータ映像は全長数百キロメートルある異宇宙船のいびつな輪郭をうつしだしている。パルスフの宇宙船はパルスフォンの断片である。ヨルルが通信装置の前に進みでた。これはヨルルのために特別に設計されたもの。ロボットの通信セクターの放射に反応し、ハイパーカム・インパルスをパルスフの情報コードに変換するのだ。

ヨルルが動きをとめた。通信装置とつながった大スクリーンには、パルスフが送受信する内容がインターコスモでテキスト表示される。

「ヨルルからパルスフ部隊へ」

テキストが消え、あらたな一行が表示された。

「こちらパルスフ部隊、テルポ。そちらは未知者に捕らえられた同胞か？」

レジナルド・ブルは聞き耳をたてる。交信が確立された。テルポは……これは名前であると同時に役職もあらわす……アモという名のファミリー長の側近だ。アモは十体いるパルスフのファミリー長のなかで、もっとも賢いとされる。だからロボットたちの基準では、テルポは大きな権威を持つ重要な役職だった。

「わたしは囚《とら》われていた」と、ヨルル。「だがいまは違う。いい知らせを持ってきた」

この瞬間、疑いの反応が返ってきた。

「なぜそんなにゆっくり話すのだ？　異人の影響下にあるのか？」

予想した反応だ。二体のロボット間のコミュニケーションは百万倍速く進行しうる。ヨルルはかわされる情報のテキストを同時に読めるよう、テンポを抑制する指令をガルブレイス・デイトンから受けていたのだ。

「コード保持者たちに対する尊敬の念からしたこと」ヨルルが説明した。「かれらは有機体なので、われわれの言葉を理解するのに時間がかかるのだ」

「コード保持者？　指令コードを話す者と出会ったというのか？」

「保持者たちはいまここにいる。かつて捕虜だったわれわれとともにパルスフォンへ行くとのこと」

「計画パターンの実現だ！」テルポは明らかに興奮したようすで答えた。「きみがそれに本当に確信を持っていればだが」

「指令コードを誤解するなど、ありえない」と、ヨルル。

「こちらへきてくれ！　保持者たちを連れて、いっしょにパルスフォンへ向かおう」

「われわれ、異人の宇宙船にいる。その指揮官に自由通行権をあたえてもらいたい」

「確約しよう。このわたし、テルポが」

「いいぞ、ヨルル」ガルブレイス・デイトンがうなずいた。「われわれ、出発するといってくれ」

一時間もしないうちに《ツナミ82》はパルスフの巨大宇宙船に近づいた。ちいさなツナミ艦の眼前で、宇宙船の側部がはてしない高さの山のごとくそびえる。デイトンと同行者二名は、セラン防護服に身をつつんだ。レジナルド・ブルがかれらをエアロックまで見送った。そこから《ツナミ82》をあとにするのだ。パルスフ二十体はすでに集合している。

ブルの頭ははっきりしていた。全体の展望もある。ただ、ときに説明しがたい楽観的な気分が迫ってきた。おまけに奇妙なことだが、クモ脚のパルスフたちとはなれるのがつらい。まるで、もう二度と会えないとわかっている親しい友に別れを告げるかのようだ。だが、かれがとっさの感情に意識のコントロールを奪われそうになるたび、合成の良心があらわれて、ふたたび正しいコースに引きもどした。

ブルはガルブレイス・デイトンの肩をたたく。振り向いたデイトンに、「がんばれよ、旧友」と、いった。

外側マイクがその言葉を不格好な宇宙服の通信装置に伝えた。ブルはデイトンがヘルメットの奥でうなずくのを見た。エアロック・ハッチが開く。その数秒後、コード保持者三名はパルスフたちとともに消えた。

*

司令スタンドの大スクリーンに、またたく光のようにちっぽけな姿がパルスフの宇宙船へと滑空していくようすがうつる。それを確認すると、《ツナミ８２》は動きだした。サシャ・インは必要以上に長く敵のそばにいるのを賢いとみなさなかったのだ。八光分はなれたポジションに待機する。

半時間後、ガルブレイス・デイトンからハイパーカムが入った。かれは多くは語らず、ただひと言こういった。

「コード保持者が受け入れられた」

安堵の感情がレジナルド・ブルのなかをめぐる。合成の良心がいった。

〈しばらくリラックスしろ。次におまえの番だ〉

つづく数分間に起きたことを、ブルはほとんど知覚していない。大好きなロボットたちや未知の技術など、奇異な論理であふれかえった夢の世界にこっそり入りこんでいたから。パルスフとクロングがたえず口にする〝計画パターン〟について考えこんでいた……それがなにか、ほんのわずか予感することさえなかったが。かれの知性の破損されていない部分は、それをスローガンだとみなしている。数百万年間、ロボットたちが指令コードをマスターした者をむなしく探すうちに、でっちあげたものだろう。一方、かれのなかにある異意識は、計画パターンという概念の奥には震撼《しんかん》するほど壮大なものが秘められていると考えた。

ブルはそのかたわら、ツナミ艦の操縦士と女艦長の会話を聞いていた。ふたりのことは知っている。リド・ナルボンヌとサシャ・インだ。だがかれらのおしゃべりには関心が持てなかった。ジェフロモ・サーゲンダッシュというおかしな名前のココ判読者があれこれ述べた陰鬱な予言も、ブルにはなんの意味も持たない。オートパイロットの報告に、はじめて耳をそばだてた。

「十二光分前方にクロングの宇宙船を発見」

「クロングたちを呼びよせよ！」と、サシャが命じた。

すこしたって警備係十一号が、パオリ・イヴェレスとシドン・ラヴェントルにつきそわれて、司令スタンドの開いたハッチから滑り入ってくる。レジナルド・ブルはすでにはっきり覚醒していた。刺激という概念を受け、合成の良心の介入なしでも、混乱した理性が後ヒュプノ・ブロックの助けで反応したのだ。

一連の動作がくりかえされた。警備係十一号と巨大宇宙船内の一クロングが会話し、そのテキスト内容が大スクリーンにうつしだされる。宇宙船はクロングヘイムそのもののような、隙間の多い格子構造だ。警備係十一号が身元を名乗った。かれの会話相手は〝末っ子〟という名のクロングである。運命は勇敢なテラナーたちに味方したようだ。末っ子はパルスフのテルポよりも、さらに重要な役割をになっているらしい。

クロングの社会には、その歴史上、パルスフほど厳密なヒエラルキーはない。クロングはかつてシャット＝アルマロングの治安維持部隊だった。かれらの任務は、ロボットたちの王国に侵入した未知者の身元確認をし、捕らえ、排除することだった。そのような軍事的・警察的な任務は、有機生物の場合、まちがいなく序列と権威による組織化につながっただろう。だがクロングはロボットなので、防衛機能がつねに同じパターンにしたがっており、プログラミング可能だとすぐに理解した。換言すると、クロングのあいだで防衛についての知識に差異がないため、ランクづけの養成教育が不要になったのだ。ファミリーの秩序をたもつために〝第一製造者〟と呼ばれる権力者が一体いるだけで、その代行が末っ子である。この両者の下には執事役の〝小監視者〟という一クロングがいた。小監視者は伝令、急使、助言者でもある。偶然がレジナルド・ブルを、クロング社会の上層部メンバーに引き合わせたのである。

「コード保持者たちが、われわれとともにクロングヘイムへ行くというのか？」末っ子が訊いた。

「それが保持者たちの意志だ」と、警備係十一号。

「計画パターンの実現だ！」またもや理解不能な〝パターン〟が出た。「指令コードを話す者の入場により、クロングたちのホールには緊張が高まるだろう」

レジナルド・ブルと同伴者二名は準備した。ブルはセラン防護服のヘルメットを閉じる前に、サシャ・インと短い会話をした。

「《ツナミ82》は取り決めどおり、あなたからの合図を待ちます」と、ちいさな女艦長。「われわれ、あなたがたをまた艦内にもどすため、必要なだけいくらでも通過飛行します」

「ガルブレイスたちを担当するのは？」ブルは訊いた。すでに知らされていた情報が、混乱した意識から失われてしまったのだ。

「《ツナミ88》です」と、サシャ。短く刈った頭が天井の照明を受けて光る。「すでにポジションについています。われわれのことは心配不要。それより計画が滞りなく進むようにしてください」

「もちろんだ」レジナルド・ブルはつぶやいたものの、なんのことだか、この瞬間はまったくわかっていなかった。

セラン防護服は着用ずみだ。パオリとシドンとの意思疎通も、クロングたちとの会話も、なんの問題もない。警備係十一号と末っ子の会話を文字化した装置のミニチュア版を使えば、発した言葉がトランスレーターによってクロングの情報コードに翻訳され、ヘルメット・テレカムから発信される。こんどはクロングが自分たちのコードで話すと、トランスレーターが逆の操作をして、人類の言語に翻訳した。

外側エアロック・ハッチが開き、輝く青い糸で編んだ格子のようなクロングの巨大構造体が見えたとき、レジナルド・ブルは不快な感情に襲われた。かれの位置からは、それが全宇宙を包囲するように見えたから。未知形成物の奥深くまで視線を向けた。フォーム・エネルギーでできた光る格子糸は、太さが数キロメートルのものもすくなくない。〝エネルゴフォーム〟と呼ばれるシルバーグレイの物質からなる構造が、格子のあちこちに付着している。とくに目立つのが、球に近いかたちで、上位次元の鳥の巣のように見える構造物だ。クロングたちの宿舎である。《ツナミ８２》が実際に体験したように、格子から分離して飛行物体としても使用可能だ。

格子の目のあいだでは頻繁な行き来があった。クロングならびにあらゆる形態と寸法の乗り物が行きかっている。待機ポジションにいる巨大宇宙船にはロボットが乗りこんでいるし、タイムラグなしの交信も可能だというのに、なぜ活発な動きがあるのか？

その、言葉にされなかったブルの疑問に、警備係十一号が答えた。

「末っ子がコード保持者たちの到来を告げました。クロングたちの期待が高まっているのです」

レジナルド・ブルはエアロックの縁を突いてはなれ、グラヴォ・パックを作動させた。警備係十一号が隣りにきて、方角をしめす。大冒険がはじまった。

5

奇妙な、恐ろしいともいえる考えが、第一製造者に浮かんだ。末っ子の宇宙船からクロングヘイムに、コード保持者……指令コードを話す者たち……と出会って乗船させたとの一報が入ったときのこと。第一製造者は最初、末っ子が対決を挑んできたと思ったのである。コード保持者三名を客として迎えれば、末っ子は〝完璧形〟の指令のもとにある第一製造者を、正当でない支配者にあざむかれたと非難できるのだから。

模造主君をめぐる戦いでパルスフたちと衝突してからというもの、第一製造者のマイクロフィールド精神に奇妙な変化が生じていた。たぶん末っ子もそうだろう。この変化はもともと、それよりも前からはじまっている。クロングのスパイが長いあいだパルスフォン内部の出来ごとを報告していた、そのころからである。だが、積み重なったものが表に出てきたのは、戦いのあとだ。

クロングはパルスフにだまされたと感じている。それまでの自信がかなりダメージを受けた。時とともに数千体ものスパイをパルスフォンに潜入させたのに、どうしてこれほどひどくだまされてしまったのか。第一製造者は自問し、その答えを得たと思った。パルスフたちには、よく定義され充分に機能するヒエラルキーがある。そこからすぐ論理的帰結が導きだされた。パルスフに対するかつての優位性をとりもどしたいなら……というのも、自分たちはパルスフに勝《まさ》るとつねづね思っていたので……クロングもまたヒエラルキーをとりいれなければならない。それにはなにより、絶対権力を持つ者がクロング社会の頂点に立つ必要がある。クロング五万体による大ファミリー会議を招集しなくとも決断できるように。

末っ子も似たことを考えているはず。だが、第一製造者はもう長いこと、クロング社会の改革にどのように着手するか計画を練ってきた。注意深くとりかからなければならない。クロング社会は徹底的に一本化されており、無条件コミュニケーションの原理がつらぬかれているから。一体のクロングが考えたことは、その瞬間に全クロングの知るところとなる。

どうやら末っ子も同じような計画を検討しているらしい。第一製造者との対決が、成功へのもっとも確実な方法だと結論づけたようだ。第一製造者を排除できれば、まずは権力の座につける。それは次に絶対権力者への昇進の格好の踏み台になる。末っ子がだれの疑惑を引き起こすことなく、必要不可欠な処置の大部分に対応可能だとわかれば、クロングたちのあいだに混乱が起きるだろう。

これが末っ子のブラッフだということはありうるだろうか？　第一製造者は思案した。わたしと距離をおいて対決し、論拠として使用するために、三名のコード保持者をでっちあげたのか？　それはほぼないだろう。第一。末っ子の宇宙船はかなりの速度でクロングヘイムに向かっており、じき到着する。そのときにはたくらみが明るみに出る。第二。もしもブラッフを成功させるつもりなら、全乗員を味方につけたはずだ。だが、そこまでの力は末っ子にはない。

末っ子が連れてくるコード保持者は三名。かれらは有機体で……ただこの一点だけでも、第一製造者が反感をおぼえるに充分だった。この種の本能的な嫌悪感は、最初のうち完璧形に対しても感じたのだが……指令コードを話すという。そこにある意味論の些《さ》細《さい》な違いを、第一製造者は聞き逃さなかった。末っ子も百パーセント確信しているわけではないのだ。確信していれば、コード保持者ではなく〝主君〟といったはずだから。この種の保留は完璧形にも当てはまる。とはいえ、完璧形というのは二義的な表現だ。

完璧形は、彼女以外にも指令コードを保持し話す者がいるとは一度も言及しなかった。みずからを、全クロング、全パルスフを支配する唯一無二の女主君とみなしていた。コード保持者三名がクロングヘイムに到着すれば、完璧形との対決はまぬがれない。

危険をはらむこの進展を完璧形に知らせるべきか、第一製造者は考えた。その手段はわからない。完璧形との通信は一方通行で、彼女からクロングヘイムへ命令を伝えるだけのものだから。だが彼女の注意を引くぐらい、なんとかやりとげられるかもしれない。

しかし結局、その計画は破棄した。技術的困難のせいではない。考えれば考えるほど、たった一度のチャンスが到来したように思えたのだ。あれほど長いあいだ計画していながらできなかったことが、いわばひとりでに実現しようとしている。突然、すべきことが明確になった。コード保持者三名は、完璧形の敵だ。おまけに末っ子の味方である。それ以外ありえない。末っ子はわたしのポストを狙い、絶対支配者に躍進しようとしている。

コード保持者三名を制圧しよう。あらゆる手段を使ってかれらの話す指令コードに抵抗し、したがわないようにする。かれらのことをわがものにした末っ子もいっしょに滅ぼそう。それから完璧形の前に進みでて、こういうのだ。〝ごらんください、わたしは敵を排除し、あなたのために最善をつくしました〟と。この業績ひとつがすべてを物語る。以後、わたしはクロングヘイムでの最高指揮官となるのだ。

うむ、そうしよう。未来の行動計画が明確かつ細かく念入りに練りあげられると、第一製造者のポジトロン構成物質は深い安堵感に似たもので満たされた。

＊

「忘れないでもらいたい」と、レジナルド・ブルが末っ子にいった。「われわれにふさわしい宿舎を用意させてくれ。そこでしばらく休息をとる」

「忘れていません、主君」末っ子が心を込めて答えた。「準備を進めています。あなたがたがクロングヘイムに到着するころには、完了します」

末っ子もまた考えをめぐらせていた。第一製造者ときわめて酷似した内容だが、主要人物の役割は逆だ。さらには、重要な一歩を進めると決めた。コード保持者が警備係十一号の主張どおり実際に指令コードを話すと確信したあと、かれらに〝主君〟の称号をあたえることにしたのである。これにより自分が、コード保持者三名こそシャット＝アルマロングが想像できないほど長いあいだ待ちつづけた存在だと考えていることを、明確にしたわけだ。この称号により、自動的に完璧形を詐欺師とみなしたことにもなる。

末っ子の宇宙船が、クロングヘイムの周縁にある格子構造に接舷した。中程度の大きさの乗り物が派遣され、主君三名とクロング十体および荷物を、制御中枢のあるクロング司令センターへ輸送する。自分たちにふさわしい滞在地はそこだけだと、主君のひとりがいったのだ。末っ子はすぐに賛同した。その場所なら種々の計画にも都合がいい。末っ子自身はさしあたり主君三名には同行せず、大ファミリー会議を招集するつもりでいた。第一製造者を早く出し抜けば、それだけ自分のチャンスが大きくなる。主君たちを全クロングに引き合わせるのだ。これには第一製造者も意表を突かれるだろう。大多数のクロングは、完璧形が詐欺か策略によって指令コードをマスターしたと確信するにちがいない。

セラン防護服に身をつつんだテラナー三名は、待機中の乗り物に乗りこんだ。警備係十一号をリーダーに、十体のクロングをしたがえている。乗り物は遠隔操作された。クロングヘイム内はつねにクロング数十万体とあらゆる種類の乗り物が行き来しており、〝誘導係〟と呼ばれる中央機構の制御下にある。誘導係は、各自が衝突やその他の事故を起こすことなく目標地点に達するよう配慮している。クロングの宇宙船兼要塞を形成する格子構造は、ゆるく通過しやすい場所もあれば、しっかりした物質からなる壁のように目が詰まって通り抜けられない個所もある。そのいずれも誘導係は悠然と制御し、クロングによると、事故が起きたことは一度もないという。

テラナーとお供たちの乗り物には呼吸可能な空気を発生させる設備がないため、レジナルド・ブルと同行者はセラン防護服にたよらざるをえなかった。案内されたキャビンにはのぞき窓もスクリーンもない。ロボットたちには好奇心がないからだ。次々に場所を移動するあいだ、うつりゆく環境を見る必要もない。

乗り物が動いている感覚はまったくなかった。レジナルド・ブルが末っ子にたしかめたところ、クロングヘイム内でも超光速移動が可能だという。末っ子が宇宙船をクロングヘイムに接舷したポイントから制御中枢までは、二光月たらずだ。テラナーたちの背後でハッチが閉じてまもなく、警備係十一号が入室し、伝えた。

「われわれ、目的地に到着しました。主君たちはわたしにつづいてください」

ロボットは三名を巨大な開口部へ導いた。その先にはシルバーグレイのエネルゴフォームでできた高い壁が見え、主君たちが方向確認できるように、いくつかの投光照明が壁を照らしだしている。レジナルド・ブルは周辺を見まわした。格子構造のもつれた糸がそこらじゅうにのびている。まるで、永遠に向かってのびていくかのようだ。それらには黒っぽい色の造形物が固定されていた。ちょうど目の前にもひとつあるが、かたちはどこかピーナッツの殻に似ている。これらが制御中枢である。ヴィシュナはいったいどれに自分の指令コードをのこしたのか。制御中枢はどれもかなりの規模で、大きさが数百キロメートルもある。ブルは一瞬、落胆した。任務遂行にのこされたのはあと二十五時間。その時間が過ぎれば、実際には指令コードを話さないことがクロングたちに露呈し、追われる身となる。この短時間でどう見つけろと？

〈おまえはコード保持者だ〉と、合成の良心がうながした。〈問うだけでいい〉

制御中枢の内部はがらんとしていた。十体のクロングが明るく照らされたひろい通廊を、先に漂って進む。ここもそうだが、クロングヘイムには重力がない。不可視のエネルギー・フィールドに導かれて、主君たちのかさばる荷物があとにつづく。一ハッチの前でクロングがとまった。

「このハッチの向こうにエアロックがあります」と、警備係十一号。「その奥があなたがたの部屋です」

エアロックは、主君とお供と荷物がいっしょに通れるほど大きい。巨大な部屋は、分析装置の表示によると、地球の大気と似た成分の気体混合物で満たされていた。見ると、重力も増していくのがわかる。気圧は一気圧で安定し、重力も一Gの数値まで上昇すると、そこで固定された。レジナルド・ブルはひそかにクロングを評価した。〝主君〟にあたえなければならないものを正確に知り、その義務をはたす手段も持っている。

しかしその事実は、内側エアロック・ハッチが開いたときにテラナーたちが見たものとくらべれば、比較にさえならなかった。そこにはテラ製家具が置かれたラウンジがあったのである！　ひろびろとしており、照明も明るい。寝椅子からテーブル、絨毯《じゅうたん》のような敷き物にいたるまで、すべてがあった。テラ製のものをそっくり手本にした飲料と食糧の自動供給装置が部屋のすみにある。隣りの部屋と区切るアーチ状の開口部も、テラ同様に高さ二・七メートルだ。クロングたちが短時間にここまでできたのは信じがたい！

荷物がラウンジに運び入れられた。レジナルド・ブルと同行者は重いセラン防護服を脱いだ。保管可能なつくりつけロッカーがある。そのあいだ、クロング十体はずっと静止していた。警備係十一号がレジナルド・ブルのほうへ漂ってきて、いった。

「われわれ全員、主君が快適にすごされるよう望んでいます。可能なかぎり手本どおりにととのえるべく、いかなる労もいといませんでした。自動供給装置が提供するのは、いまのところ水のみですが、必要な飲食物をいってくだされば、つくりだします。有機生物への供給用にまだ整備されていないのですが、過去にはあなたがたのような存在と……主君ではありませんが……接触したこともあるので、ご要望に合わせて合成設備を調整できます」

レジナルド・ブルは、自分がこの瞬間に感じている尊敬が理性の混乱によるものなのか、現実なのか、わからなかった。とはいえ、こう答えたときには確信に満ちていた。

「感銘を受けた。ここまでの心づかいは期待していなかった。われわれ主君を、きみたちはそれにふさわしい待遇で迎えた。末っ子に伝えよ、最高の準備だった、と」

「たしかに伝えます」警備係十一号がうやうやしく答えた。「われわれ、これでさがります。ご用がある場合はひと声お呼びください。ここはだれにもじゃまされませんが、センサーが設備されていますので、充分な大きさの声であれば伝わります」

＊

ラウンジに接して、居室が三つあった。主君三名にそれぞれ一室ずつで、これまたきわめて入念にテラのスタイルで準備してある。洗面室まで配慮されていた。ロボットたちはこの種の設備をテラで見たことはないはずだが、どうやら精神障害者の意識とプシオン性コンタクトをとり、こうした知識を仕入れたようである。

ブルはシドン・ラヴェントルとパオリ・イヴェレスに手伝わせて、転送機とハイパーカムを一居室に設置した。これらは可能なかぎり、クロングたちの目からかくしておきたい。ロボットは転送機は知らないだろうが、ハイパーカムはわかるはず。主君たちは永遠にクロングヘイムにとどまるはずなのに、なぜそのような機器を必要とするのか、と、問うにちがいない。

ブルは待機中の《ツナミ82》にシグナルを送り、同行者ともどもクロングの宇宙船兼要塞にぶじ到着したと知らせた。返事は圧縮ハイパーインパルスのかたちできた。受信機のセンサーライトが点滅するのでわかる。《ツナミ82》が受信したシグナルを記録して《ツナミ88》に送り、そこからパルスフォンへ転送されれば、クロングヘイムですべてが計画どおりに進んでいるとガルブレイス・デイトンにわかるだろう。これが最後の通信となる……ブルが迎えにきてほしいと合図を送る、その瞬間までは。

しばらくして、末っ子がコンタクトしてきた。主君三名との会談を願いでて、室内に入ってくる。

「不幸なことに、いまクロングヘイムでは調和と統一性が見られません」末っ子は吠えるような声で話しはじめた。「あなたがたはそれを期待しているのでしょうが。テラでお伝えしたように、すこし前のこと、べつの存在が自分こそ指令コードをマスターした主君だとわれわれに信じさせ、パルスフォンとクロングヘイムの指揮権を手に入れたのです。あなたがたがあらわれたのですから、完璧形と名乗る異人は詐欺師にちがいない。それにもかかわらず、クロングに著しい影響をおよぼしています。真の主君たちがきたと知ってから、大多数の者はその影響にあらがうことができていますが、第一製造者ひきいる小グループが眩惑され、完璧形こそ真の主君との幻想にしがみついています。このグループの抵抗は考慮に入れなければなりません。われわれの第一の任務は、あなたがたの安全の配慮。第一製造者はあなたがたの正当性を認めていませんから、じきに敵対行動に出るでしょう。その態度が冒瀆だということも、幻想のせいでわからないのです」

老獪《ろうかい》なレジナルド・ブルは、会話相手の真意を見通していた。末っ子にとってはクロングヘイムでの全権こそが重要であり、だれが真の主君かはどうでもいいのだ。あらたな主君三名の登場を、クロングの要塞における独裁権を得る機会として利用している。末っ子のライヴァル第一製造者はこれまでの主君、完璧形をたのみとするしかない。

この反目はブルには都合がいい。末っ子がまっすぐに目的へ突き進む機会をあたえることにした。

「われわれがその幻想に早急に終止符を打つ」と、自信に満ちたようすで語った。同じく主君を名乗る者との競争にもまったく揺らがない。「完璧形が支配力を保証されたのは、制御中枢のひとつを操作したゆえだとわかっている」

「そのとおりです」末っ子が認めた。「彼女はある道具を持っていました。もともとの長さはこのくらいでしたが」と、らせん状アームを伸ばし、把握手ふたつで一メートルほどの幅をさししめす。「それを使って、制御中枢の一エレメントになにか細工したのです。終了したときには、道具の長さはこれくらいになっていました」と、いいながら、両把握手の幅を七十センチメートルほどに縮めた。

「そうか」と、ブル。「つまり、彼女は制御エレメントになにかをとりつけたわけだ。おそらくプログラミング・コードをそなえた小型記憶バンクだろう。それを見つけだし、除去しなければならない。そうすれば完璧形による呪縛も解けるだろう」

「それが最良の方法でしょう」と、末っ子。「ただ、われわれクロングには除去できないでしょう。制御エレメントから強力な指令コードのインパルス流が放射されているので」

それはそうだろう、と、ブルは考えた。クロングの一体がすべてをうっかりとりけしてしまわないよう、ヴィシュナが手配したにちがいない。

「その制御エレメントへ案内せよ」と、ブル。「できるだけ近くまでだ。完璧形が設置した回路をわれわれが除去する」

「計画パターンの実現です」一種のロボット的歓喜にあふれ、末っ子がいった。「そうなれば、第一製造……いいえ、完璧形に勝ち目はありません」

本心が出たな、坊や。レジナルド・ブルはおもしろがったが、ふと考えた。話すときに言い間違えるロボットなんて、いるのか？

「その制御エレメントは、ここからどのくらいはなれている？」と、訊いた。

「この制御中枢内です」と、末っ子。「あなたがたの単位で八十キロメートルの距離です」

ブルは歓喜した。こんな好都合なことはない。

「それならすぐに出発しよう。迅速に行動すればするほど、より早くクロングヘイムの調和と統一性が回復する」

「ご注意ください」末っ子が答えた。「第一製造者のもとで眩惑されたロボットたちは、あなどれない敵です。細工された制御エレメントにあなたがたが対処すると見越し、行く手をさえぎるでしょう」

「しかし、大多数のクロングはきみの味方だといったではないか」ブルがいった。

「そのとおりです。わたしはたったいま、全クロングの情報を一本化する大ファミリー会議を終えてきました。純粋クロング五百万体のうち、四百万体以上がわたしの味方です」

「ならば問題はないだろう……」

「わたしはあなたがたの安全に責任を負っています」と、末っ子が反論した。「眩惑されたクロングがたった一体、滑り抜けるだけでも、あなたがたに危害をくわえられるでしょう」

「そのリスクは引き受けなければならない」ブルがいらだちはじめた。「忠実なクロングと眩惑されたクロングを区別する方法があるのか？」

「われわれにはありますが、あなたがたにはありません」と、末っ子。「あなたがたには見えないマイクロフィールド思考を、われわれは認識できます。かといって、こちらが特別な合図を決めたとしても、眩惑された者たちもまねするでしょう」

ブルはしばし考えた。この、クロングヘイムでは支配的な情報の徹底的一本化原理が、悩みの種なのだ。おそらく自分がインターコスモで発言するより前に、敵は末っ子の思考をたやすく追うことができる。ブルが考えたことをたった一体のクロングに話すだけで、クロングヘイムじゅうに筒抜けになるのだ。まるで、自分が煌々《こうこう》としたスポットライトのなかで犯罪をおかしているように思えた。

「われわれに強力な護衛をつけてくれ」ブルはしまいにそういった。「制御エレメントのある場所は見通しがきくのか？」

「見通しはとてもいいです」末っ子が肯定した。

「それならさほどの危険もなかろう。われわれ、武装しているし、自衛できる」

「どうぞつねにお忘れなく」クロングが警告する。「最強の護衛隊といえども、一定の距離までしか制御エレメントには接近できません。それ以上近づけば、偽主君の指令コードに屈することになります。ただし、眩惑されたクロングには接近制限はありません。もともと完璧形の指令コードにしたがっていますから」

このコメントはよくおぼえておかなくては、と、ブルは考えた。

*

ブルの忍耐がためされていた。主君としては、危険な方法に固執《こしつ》するあまり末っ子に疑惑をいだかせてはならない。主君たるもの、クロングに対して重要な義務を負っているのだ。クロングが従者でありつづけられるよう、なによりも安全に配慮しなければならなかった。不要なリスクを負う者は真の主君ではないとの疑惑を招く。

眩惑されたクロングに主君三名を待ち伏せするチャンスをあたえないため、まず施設を偵察すべきだと末っ子は主張した。偵察のあいだ、指令コード保持者たちが直接クロングに語りかければ好都合である。セラン防護服の通信装置にクロングの情報ネットを接続すればいいだけのかんたんなことだ。

レジナルド・ブルは同行者二名にこの役目をまかせた。シドン・ラヴェントルとパオリ・イヴェレスは、警備係十一号およびその助手とコンタクトがとれてからずっと、注意深く耳をかたむけるクロングたちに語りかけてきたのだ。ふたりはじつにみごとにふるまった。出自や過去については語らない。これほど長いあいだ主君たちはいったいどこにいたのかという問いは、全クロングの気になるところだったが、無視した。偽の主君、完璧形についても、ふたりはひと言も触れなかった。この態度は主君の威厳ある雰囲気にふさわしい。詐欺師のことなど考えるに値いしないから。そのかわり、クロングヘイムにどのような影響をあたえるつもりかを語り、ロボットの目にはすばらしく見える未来を描きだしてみせた。いつかはパルスフと講和を結ばなければならないことにも言及し、そのためにいま、パルスフォンにほかの主君三名がいるのだと伝えた。これは多くのクロングにとってそれほど重要な見解ではなかったが、パオリとシドンがとても多くの指令コードをそえて表現したため、計画を受け入れざるをえないと感じていた。

ブルは注意深く聞いていたが、シドンとパオリの言葉は本心から出たものだ。かれらがもしクロングヘイムにとどまるなら、その計画を実施するだろう。ブルは居心地の悪さをおぼえた。実現の可能性がない将来の幻想をクロングに信じさせるのは、道徳的に許されるのか？　自立思考するロボットの意識に対し、人類はどう責任を負えるのか？　ロボット意識をだまし、嘘をついていいのか？

〈ほかに心配することはないのかね？〉と、合成の良心がひやかした。あるさ。ひとつある。クロングヘイムに到着してからというもの、エレク・ナム・ダアルが意識に施した操作の作用をまったく感じない。なぜだ？　宇宙船兼要塞内のプシオン性の影響が、精神障害と相互作用を起こしたせいか？　クロングヘイムでは異常であることが正常になるから、自分の精神力を完全掌握《しょうあく》しているように感じるのか？　それとも、操作の作用が予定より早く終了したのか？　三十時間ではなく、十五時間で正常にもどるのか？

このような状態で、主君かつ指令コード保持者としての役割が終わったと、どうして気づけるだろう？　決定的瞬間がきたら、脳のなかに明確で間違えようのない動きが生じることを期待していたのだが。変化が段階的であるとはナム・ダアルから聞いていなかった。

ま、いいさ。ブルは自嘲ぎみに考えた。そのときはクロングたちが教えてくれるだろう。かれらが攻撃をはじめたら、正常にもどったということだ。

心配なことはまだある。クロングヘイムとパルスフォンでの出来ごとを、ヴィシュナはどのくらい知っているのか？　ヴィシュナは細工された制御エレメントを通じて、クロングたちとコンタクトをとっている。同様の情報中継システムは、まちがいなくパルスフォンにもあるはず。自分たちは猫ににらまれたネズミのごとく、背後から見られているのではないか。そんなおちつかない考えが浮かぶ。変節した女コスモクラートは、猫と同様、観察に飽きれば襲いかかってくるだろう。ヴィシュナがひと振りするだけで粉砕できるのだとしたら、この計画にはどれほどの価値があるのか？

ブルはいやな考えを押しのけた。知ることができないのだから、悩んでもむだである。だが意識の背後では不快感が巣食い、時間がたてばたつほど、強くなっていく。

耐えがたいほどの時間が経過して、ようやく末っ子が連絡してきた。まず、第一製造者に眩惑された者たちの数が五十万以下に減ったと報告。パオリとシドンの演説の結果である。末っ子の目には重要かつ歓迎すべき進展にちがいない。しかし、レジナルド・ブルにはこれっぽっちの意味もなかった。もどかしげに、こうたずねる。

「われわれの取り決めはどうなっている？　偽主君のプログラミングが入った記憶バンクを除去できるのはいつだ？」

「ここから制御エレメントまでの全重要ポイントに、わが部隊を配備しました。戦闘係、警備係、小計算脳の役職からなる部隊です。眩惑された者たちがエレメントへの出入口を封鎖しようとしたので、衝突がいくつか生じましたが、われわれが優勢のため、第一製造者の信奉者をいたるところで追放、つまり破壊することができました」

ブルは考えた。制御エレメントのすぐ近くをのぞいて、というわけか。そこには末っ子たちは近づけないからな。

「つまり、われわれは出発できるということか？」ブルがたずねる。

「あなたがたが準備できていれば、いつでも」と、末っ子は答えた。

6

圧倒的な大きさの球形の空洞が、青く輝くフォーム・エネルギーにおおわれている。直径は一キロメートル以上。この空洞の壁のあらゆるところに開口部があり、横坑や通廊がのびていた。遠くから見ると、その開口部はちいさな黒いしみのようだ。それ以外は傷ひとつない表面に、ハエの糞が落ちたように見える。

空洞の中央に制御エレメントが浮遊していた。やはり球形である。直径は八十メートルで多彩な色にきらめいている。光に満ちた空洞内は、無重力かつ真空だ。ここまでテラナーたちを案内してきた護衛隊は、空洞の壁の前に漂っている。いましがた通ってきた横坑の、出入口付近である。

「われわれはこの先へは行かれません」レジナルド・ブルは、ヘルメット・テレカムを通してがなり声を聞いた。「われわれはとどまります。主君たちよ、ここから先は単独で進んでください。どうか気をつけて。制御エレメントのそばや内部に、眩惑された者たちがいるかもしれません。恐れるべきはそれだけで、ほかにじゃま者はいません。われわれが全出入口を封鎖しましたから」

ブルがうなずいて、

「行くぞ」と、いった。

グラヴォ・パックのベクトリングを調整し、浮遊する多色の球へ向けると、出発した。シドン・ラヴェントルとパオリ・イヴェレスもつづく。近くまでくると、球の表面が滑らかではないことがわかった。亀裂やくぼみや溝がある。かなりの数の横坑が制御エレメント内へつづいていた。整備のさいに使うのだろう。末っ子はレジナルド・ブルに、完璧形が杖のような道具を持って球の内部に侵入した場所を説明していた。テラナー三名はそのほかにも、制御エレメント内部のスイッチや記憶装置の配列に関して、浅くはない知識を得た。それゆえブルは、制御エレメントにあとから持ちこまれた、本来の構造にはない部分を見つけられると確信していた。しかも末っ子の推測から、その長さは三十センチメートルほどとわかっている。だがむろん、忍耐を多く要する困難な捜索になるだろう。エレク・ナム・ダアルが意識内部につくりだした障害が完全に消えるまで、あと八時間であることを考えざるをえなかった。

ヴィシュナが使ったとクロングから聞いた横坑に入る前に、ブルは同行者二名にトランスレーターのスイッチを切るよう伝えた。ひとさし指を伸ばし、左袖を指さす。そこにはトランスレーター用の制御ボタンがはめこまれている。

「一字一句、ロボットに理解させる必要はない」ふたりが指示にしたがうと、そういった。「横坑はせまいからわたしが先に行く。あとからつづき、退路を確保してくれ。横坑内には道が交差する個所や分岐がある。全方向に注意しろ」

多色にきらめく光が球の中心までつらぬくように照らす。横坑の断面は円形で、直径は二メートルたらず。耐えがたいほどの明るさだ。壁には無数のスイッチや記憶装置があるのだ。まさにこの球全体が巨大コンピュータそのもの、およそ二千あるうちのひとつなのだ。それが宇宙船兼要塞を操縦し、クロング同士や外部との通信を制御し、エネルギー備蓄を点検し、動産を管理し、交通を指揮し……つまり〝誘導係〟の管理だ……その他、数万もの課題をこなしている。制御エレメントは、そのほかのコンピュータや機器同様、広範囲にわたる〝非純粋クロング〟に属する。その数、千五百万。

だがここにあるのは、二千ある同種のコンピュータではなく、ヴィシュナが自身の一部をのこしていったものだ。命令構造を持ち、それによりクロングたちを支配している。この制御エレメントこそがテラへの攻撃を命じたのだ。ブルは直径八十メートルの球そのものを破壊したかった。その手段も持ち合わせている。だが当面は、そこまで思いきった行動には出られない。理由はふたつある。第一。一制御エレメントが完全に欠如した場合、クロングヘイムにどういう影響が出るかわからない。第二。ヴィシュナがのこした〝命令用のフラグメント〟を無傷で入手したかった。コスモクラート技術の一片を、テラの科学で分析できるチャンスかもしれない。

数時間が経過し、横坑が分岐する個所にきた。探している場所と思われるところを見逃さないよう、計画的に進まなければならない。ブルはトランスレーターを作動させ、末っ子に捜索状況を言葉すくなに伝えた。末っ子はつねに深い敬意をもって話し、クロングヘイムはいまのところまだ平穏だと主君三名に報告した。第一製造者をリーダーとする眩惑されたクロングたちは、数の面からの劣勢に、いまイニシアティヴをとるのは適切ではないと判断したようである。

時が迫ってきた。セラン防護服の装備であるマイクロ・コンピュータを参考にしたブルの計算によると、球の中心に近づいている。ブルはせまく分岐した道へ進んだ。前進がさらに困難になる。この先のどこかで横坑の直径がひろがらないかぎり、もどるときはあとずさりしなければならないだろう。ところが、その危惧はいい意味で裏切られた。横坑がひろがったのだ。先頭をつとめるブルは、まだせまい部分にいたシドンとパオリよりも速く前進した。焦《あせ》りがかれを急《せ》かせる。グラヴォ・パックの出力を高め、コンピュータ内のきらめく明るさのなかを弾丸のように飛んだ。

突然、壁が後退し、幅十メートルのがらんどうの空間を滑空していた。壁は無数のスイッチにおおわれている。そして、そこには……

「もどれ！」ブルが叫んだ。「シドン、パオリ、もどるんだ！」

ブルはひと目で状況を理解した。目的地に到着したが……そこは罠だったのだ。

*

そこには眩惑されたクロングが五体、待ち伏せしていた。なぜ、ここにいたのか？　完璧形がのこしていった命令フラグメントがあるからだ。スイッチ・エレメントのあいだに、黒っぽくつやのない物体がある。本来ここに属するものではないことは見ればわかる。たいらな壁面から突出し、明らかに違和感があった。

おまけに、ブルはこの追跡者たちに自分の現在位置を通知することまでしていた！　末っ子と通信で話すたびに、クロングたちはこちらの所在地を突きとめ、罠にかかるまであとどのくらいか、算出できたのだ。

五体のうちの一体が、ブルが出てきた横坑の前に立ちはだかった。シドンとパオリは警告を聞き、したがったようだ。ブルはほっとした。球状の空洞には複数の出入口がある。合計、八つ。この空洞が制御エレメントの中心部にちがいない。

さて……万事休すだ。自分の人生もここで終わりかもしれない。だが、最後にひとつ試みても、害はあるまい。トランスレーターを作動させるとこういった。

「おまえたちは眩惑されている。偽の主君に仕えているのだ。ここからはなれろ。そうすれば眩惑から解放される」

クロングたちは末っ子や警備係十一号と同じ機器を使用しているため、ブルの言葉を理解したようだ。ブルにも次の返事の内容は理解できた。一体がいう。

「あなたの言葉は聞こえますが、指令コードの痕跡がわずかしかありません。それにくらべ、完璧形からの指令コードはどれほど強いことか。あなたは感じないのですか？」

「感じる」ブルは嘘をついた。「裏切り者のコードだ」

「眩惑されているのはあなたのほうです！」クロングががなりたてた。「あなたには真の主君の声は聞こえません」

「ここを去れ！」ブルが迫った。「これ以上の冒瀆的態度をとる前に、ここから出ていけ。じゃまされずにおまえたちを連行できるよう、末っ子に報告するぞ」

「われわれが去るのは」と、クロングがこたえた。「あなたと、近くにいるあなたの同伴者二名を抹殺したのちです。われわれが末っ子の温情など必要としていると？　かれのかかげる偽の主君を抹殺すれば、末っ子は無力になります」

残念だがそのとおりだ、と、ブルは苦々しく思った。絶望しきったまま、勝算の見当をつけた。敵が発砲するよりもすばやく武器をとれるか。チャンスはほぼゼロ。クロングの武器はしっかりとりつけられている。体表にいくつかの裂け目や亀裂があり、それが発射口なのだから。ロボットの反応速度となど、だれも競いたくない。

ところが、そのとき……

脳は手を動かせと命じたものの、その命令が遂行されないまま、どぎつい光が空間に炸裂した。巨大コンピュータの中心に赤熱《せきねつ》する火球が生じる。レジナルド・ブルの個体バリアが自動的に作動。かれはこのチャンスをすぐに見てとり、濃煙が真空をおおいはじめると、わきへ身を投げた。制御エレメントでおおわれた壁に体当たりし、自分が出てきた横坑へと手探りで向かう。そこにふたつめの爆発が起きた。三つめ、四つめが即座につづく。

「あと一体か！」ブルが大声をあげた。

「いえ、これでおしまいです」シドン・ラヴェントルの鼻声が応じる。「最後の一体は爆発することなく壊れました」

煙は長くはつづかなかった。昇華し、球状空洞の内壁に煤《すす》になってついた。レジナルド・ブルは周囲を見た。破壊の規模はかなりのものだ。煤で黒くなった大量の制御エレメントはとりかえなければならないだろう。クロング四体が大破した個所は、壁に大きな穴があいている。そのうちの一体がいた個所に、ほんの数秒前までヴィシュナの命令フラグメントが埋めこまれていたようだ。コスモクラートの貴重な技術は失われたが、ブルはほとんど落胆を感じず、それを嘆く気にもなれなかった。死があまりにもすぐそばに迫っていたのだから。

五体めのクロングの部品が、空洞の中心に漂っている。仲間の爆発で破壊されたのだ。

パオリとシドンが、それぞれ異なる横坑の出入口からあらわれた。ふたりはブルの警告にしたがったのち、まわり道をしてこの空洞の周辺にもどってきたのだ。もしもふたりがこれほど早く道を見つけられなかったら、どうなっていたか。ブルはそう思い、いまになって額に汗がにじみでた。

「あぶないところだった」と、ブル。「きみらは命の恩人だ」

シドンが否定するように手を振る。

「われわれがどうすると思ったんです？　よき友を見捨てるとでも？」

レジナルド・ブルは末っ子を呼びだし、

「任務を終えた」と、伝えた。「偽の主君を追放した」

ブルは、思考するロボットがよろこびに似た感情の動きを知覚したときにするような返事を期待していた……計画パターンの実現とかなんとか。だが、なんの返答もない。報告をくりかえしても音信がないとわかったとき、困難におちいったのだと悟りはじめた。

＊

主君たちの部屋へ通じる通廊への出入口付近で、クロングたちは大きな円をつくっていた。出入口そのものには末っ子と警備係十一号が浮遊している。レジナルド・ブルは同行者たちにひと言も話さなかったが、ふたりはみずからの意識でその時がきたのだと感じとっていた。ブルが指令コードを失ったのだ。

ブルは末っ子のすぐそばまで浮遊していき、静止すると、乱暴にいった。

「道をあけろ。わたしはおおいにきみの役にたった。その失礼な態度はなぜだ?」

「あなたは主君ではない」末っ子が応じた。「われわれをあざむいた。あなたはもう指令コードを話していない。だれが聞いてもわかる」

「それでわたしの功績がかすむとでも? この主君二名とともに、完璧形の影響を排除したのだぞ。第一製造者たちの組織がいままさに崩壊したと、きみも知ったはずだ。完璧形の呼びかけを受けとれなくなって混乱した数十万のクロングたちが、クロングヘイムにもどってくる。突如、それまでの行動が無意味になったのだからな。きみはクロングヘイムの支配者だ。この主君ふたりへの責任がある」

「あなたを滅ぼす」末っ子が断言した。「指令コードをマスターしていない未知者を、クロングヘイムは受け入れない」

ブルの個体バリアはまだ作動していたから、ロボットが攻撃してきても一時しのぎはできる。それどころか数体ならば、相打ちにできる。だが、最終的には数の優勢に屈することになる。ブルは警備係十一号のほうに向いた。

「きみはわたしを知っているだろう。加勢してくれ」

「あなたの正体がわかった」クロングが答えた。「あなたはずっとわたしをだましていた。永遠の主君のみぞ知ることだが、どこからか指令コードの知識を一時的に手に入れたのだろう。だが実際は、テラという惑星の一権力者にほかならない」

「かれを滅ぼす」と、末っ子が脅しをくりかえした。

「何様のつもりか、おろかで無価値なクロングよ！」と、パオリの声がした。「おまえはわれわれが製造した装置からつくられた、ひとつの生産物にすぎぬ。廃棄金属をいくつか溶接し、質の悪いマイクロフィールド部品を詰めただけのものだ。おまえなど、わたしがたったひと言発すれば、ばらばらの部品になるのだぞ」

レジナルド・ブルは耳をそばだてた。パオリがこれほどきびしい口調で話すのを聞いたことがなかった。

「わたしはなにも過ちをおかしたおぼえは……」と、末っ子。

「口を閉じよ、出来そこないのブリキ男！　このわたしが話しているのだ。おまえの女主君であり、指令コード保持者のわたしが。それともおまえの脳は、わたしの指令コードも認識できぬほど溶解したのか？」

「いえ、わたしは……」

「わが命令すべてにしたがうのだ！」パオリが雷を落とした。高感度トランスレーターが、語調の強さもふくめてポジトロン・インパルスに翻訳しているのが見てとれた。

「さもなくばおまえを解任し、第一製造者を以前の地位にもどすことにする」

「命令を、女主君」末っ子がいった。「わたしは服従します」

「〝われわれは服従します〟だろう！」パオリが訂正した。

「われわれは服従します」全員が答えた。

「護衛せよ！」パオリは命じる。

＊

レジナルド・ブルがシグナルを送ると《ツナミ８２》はすぐに反応した。あと数分で安全が確保される。シドンとパオリはクロングを制圧した。だが、シルバーグレイのロボットたちを眺め、あのマイクロフィールド脳のなかでなにを考えているのか想像しようとすると、ブルは薄気味悪くなる。

「出発準備はすべて完了か？」トランスレーターのスイッチを切ってから、ブルはたずねた。「急げよ。最後に主君ふたりがあわてて去るようすは、クロングたちも見たくないだろう」

パオリが考えこみながら、悲しそうにかれを見る。面食らったブルは立ちあがった。

「おい、どうした？　まさか……」

「わたしたちはここにのこります」パオリが答えた。「もうテラで失うものはありませんから」

「ばかな！」ブルが激高した。「ここでなにを失うところだったか、わかっているのか？　シドン、彼女にいってやれ、正気じゃないと」

「もちろん、彼女は正気じゃありません」シドン・ラヴェントルは平然といった。「わたしも同じです。テラでそう証明されたんですから。しかも、どうすればもとどおりになるのか、わからないともいわれました。どうしろというのですか？　われわれ、ここでは主君であり王です。でも、テラでは？　そう、〝あのばかを見ろよ〟といわれて、指をさされる。いかれたやつらと呼ばれる。はっきりいって、だれがそんなことを望みますか？」

「だが……」

「自分たちのためだけじゃないんです」パオリが割って入った。「クロングとパルスフのロボット文明は高度なものなのに、主君をむだに探しつづけることで衰退しそうになっています。個人的な犠牲をはらっても、クロングヘイムとパルスフォンを滅亡から救う価値があるんじゃないでしょうか？」

レジナルド・ブルは、ふたりの演説を思いだした。あのときは知性を持つロボットたちをだましていいのかと、良心の呵責《かしやく》を感じたもの。だが、ふたりは嘘をついたのではなかった。神にかけて、とっくの昔に決断していたのだ。演説で語った計画はすべて本心で、実践するつもりでいたのか！

ブルにはなすすべがなかった。なにをいえばいいのか、わからない。そこに合図の音が鋭く響いた。

「転送機の準備が完了しました、レジナルド」と、パオリがいった。「もう行ってください。《ツナミ82》が通過飛行を二回しないですむように」

夢のなかを歩くような心持ちで、ブルは動きだした。転送フィールド出入口に鈍い光の筋が動くのが見える。

「神の恵みがあることを」

ブルはそうつぶやくと、転送機に身をゆだねた。

＊

ヴィシュナの怒りはすさまじかった。

計画が挫折した。不安のあまり震えているだけの生物だとテラナーをあなどり、ヴィールス・インペリウムと計画の次の一歩を協議する時間ができたと安心しきっていたのだ。いっとき注意をそらしても、太陽系における情勢に変化はないと踏んでいた。

ああ、どれほど失望したか！　アルファ・プログラマーを使って命令を発しても、もう反応がない。テラへの対抗処置がやっとわかっても、それがなんの役にたつ？　命令を実行する者がいなくなったのだから。パルスフォンとクロングヘイムを呼びだそうとした。なにが起こったのか、もしかすると損害が修復可能かどうか、情報を得たかったのだ。しかし、両者の宇宙船兼要塞の中央制御装置からはなんの応答もない。ヴィシュナは太陽系での出来ごとから孤立した。

ヴィールス・インペリウムに向かうと、

「出来ごとを再現しなさい！」と、命じた。

「それは不可能です、栄光ある者よ」超巨大コンピュータがおだやかに答えた。「わたしは遍在しているわけではありませんし、全知でもありません。どうやらテラナーはあなたの計画の裏をかいたようです」

「そのようね」ヴィシュナが怒って声をあげた。「アルファ・プログラマーがもう使えないのはなぜ？」

「それなら論理的に説明できます」ヴィールス・インペリウムが答えた。「命令フラグメントが破壊されたのです」

ヴィシュナは杖のような形状の道具をいまいましげに眺めた。パルスフとクロングに対する支配力を失ったのだから、もう無用だ。道具をつかみ、投げつける。それは壁にぶつかり、音をたてて床に落ちた。

「聞くがいい、宇宙の権力者たちよ！」おさえきれない怒りに叫び声をあげた。「まだ決着がついたわけではない。テラナーはわたしに二度も逆らった。それを忘れない。いまのところは逃れられたかもしれないが、ヴィシュナはもどってくる！　そのとき復讐は、よりはげしいものとなる」

「あなたには力があります」コンピュータが彼女をなだめようとした。

ヴィシュナは前方を凝視し、

「そのとおり、わたしには力がある」と、つぶやいた。

やがて身を起こし、

「全速発進！」と、オートパイロットに命じた。「われわれ、かくれ場にもどる」

＊

「かれらはいいました、もうテラとかかわりたくないと」ガルブレイス・デイトンは落胆していた。「パルスフォンが自分たちの居場所だと思ったのでしょう。テラでは一生面倒を見てもらわなければならない患者ですが、パルスフォンでは認められています。真の主君がいつかもどってくるという幻想からパルスフたちを解放でき、ロボット文明を建設的な方向へ導くことができると、かれらは語りました」つらそうな笑みを浮かべ、

「ああ、りっぱな言葉を使って、まるで社会学の講義のようでしたよ。おまけにふたりは、それが実現できると確信していた。わたしは最後の瞬間まで説得を試みました。

《ツナミ88》が接近飛行を四度試みたところで、ようやくあきらめたのです。なすすべがありませんでした」

かれがいっているのは、ルーダ・ノースラプとチャック・ディミトルについてだ。ふたりはパルスフォンにとどまることになった。デイトンは、パルスフたちに真の主君ではないと気づかれる前に、パルスフォンから帰還をはたした。それは十ファミリーのなかでもっとも賢いアモのおかげだったという。

「アモは以前から、完璧形のすべてが正しいわけではないと、疑念をいだいていたにちがいありません」デイトンが説明した。「ヴィシュナが命令フラグメントを埋めこんだ制御エレメントの捜索にあたっては、あらんかぎりの助言をくれました」

「それで疑問が生じたのだが」レジナルド・ブルがいった。ようやく一時間前に《ツナミ82》でテラニアにもどったばかりだ。「この打撃にヴィシュナはどう出る？」

ジュリアン・ティフラーには見当もつかないらしい。

「ようすをみましょう」と、いう。「われわれちっぽけな人類には、変節した女コスモクラートの考えも行動も知ることはできません」

時間ダムの彼方からレジナルド・ブルとガルブレイス・デイトンがもたらした知らせは、勇気をあたえるものだった。ヴィシュナの命令フラグメントから命令が発信されなくなったとたん、パルスフとクロングの宇宙船は無我夢中で逃走し、太陽系から四散したのだ。クロングヘイムとパルスフォンは動きだし、速度をあげながらはなれていった。あらたな主君たちの影響が効果をあらわしたのだろう。テラにもどることを拒んだ四名だが、その故郷はテラでありつづける。かれらの第一の願いは、人類のゆりかごである惑星をこれ以上の危険から守ることだ。

時間ダムは安定している。プシ・トラストの一連の欠員には、予備人員が当てられた。外界との接触はツナミ艦が引き受けている。この瞬間、宇宙はふたたび正常にもどったかのように見えた。

ただひとりだけ、不安を感じている。

ジェフリー・ワリンジャーである。

テラのどこかにあるはずの、未来からきたもののことを考えていた。

四恒星帝国の暴動

トーマス・ツィーグラー

登場人物

ペリー・ローダン……………………………銀河系船団の最高指揮官
ゲシール……………………………………ローダンの妻
アタノス・ヴラット………………………《サンダーワード》艦長
ドゥールルン・ハーベロン………………ソールドック。宇宙航行関連担当官
ジャシツィル………………………………同。通信センターのオペレーター
プリナー・ドルグ…………………………同。セト＝アポフィス関連担当官
カーゼル・ブーン
テーベル・ラヴァレステ
ウールルン・スプリンクロン
}……………………同。宇宙マスター
ショヴクロドン……………………………アルマダ工兵

1

ジェイズの北西にある、窓のない巨大ピラミッドの上に、もうもうたる煙雲がたちこめている。エネルギー分配センターである。この日、空と同じグレイの雲が家々の上にひろがるのを見て、政府の宇宙航行関連担当官ドゥールン・ハーベロンは突然、これはソールドック種族の未来の予兆だと思った。セト＝アポフィスは沈黙している……四恒星帝国を闇がおおったのはそのせいだ。そう考えて陰鬱になった。

赤色巨星クルボシュはまだなお地平線上にあり、町の路地や大通り、広場や並木道を照らしていた。とはいえ、実際はすでに日暮れだ。じきに闇がジェイズをつつむ。ジェイズは惑星ヴルッグの首都であり、四恒星帝国の中心である。暗闇はジェイズから周辺の惑星と恒星へ波のようにひろがっていき、ついにはソールドックひとりひとりの思考に闇が忍びこむだろう。

そのときが終末だ、と、ハーベロンは心につぶやいた。

セト＝アポフィスよ、なぜわれわれの呼びかけに応えない？

ドゥールン・ハーベロンは頸のない頭を、羽根の生えたからだごと、北東にある一連の塔へ向けた。

塔はみな鈍い赤色のため、血のように赤いクルボシュの光にほとんど没している。タマネギ形の頭をした四肢のない番人のように、地平線を縁取っていた。塔のあいだを動いている霧のようなものは、プラスディクシド・バリアだ。このエネルギー・フィールドにより、暴徒が宇宙港へなだれこむのを防いでいる。

ハーベロンは、自分を待ち受ける大騒動を思って、身震いした。むらさき色の羽毛が逆立つ。

うしろでしわがれた声がする。それを聞いて、ソールドックの宇宙航行関連担当官はからだをまわした。

「通りは大騒ぎになっています」男助言者がしゅうしゅう声をあげた。ぴんと張った跳躍尾で向かい側の壁によりかかり、褐色の蛇の頭をハーベロンに向けている。頭部の前側にある円錐形の感覚突起がわずかに震えている。「暴力と恐怖がジェイズを支配したのです。おまけに、神政主義者がまさに火に油を注《そそ》ぎ、暴徒たちの先頭に立って政府の建物に放火しました。急ぎなさい、ドゥールン・ハーベロン。さもないと、宇宙マスターたちのいる軌道ステーションにたどりつけなくなります」

ハーベロンはしばし黙って、黄色く光るゼリー器官で生体アンドロイドを凝視した。それから重々しい足どりで窓からはなれた。

通廊の突き当たりにある急行リフトの扉の前で待っていた兵士二名が、思わず姿勢を正した。レーザー銃の安全装置ははずしてある。これも、最近ソールドックの四恒星帝国に起こっている大変革のさらなる証拠にすぎない。

政府庁舎に安全装置をはずした武器とは！　ハーベロンは衝撃を受けた。そんな話、聞いたことがない！

だが、と、さらにつけくわえた。セト＝アポフィスが沈黙し、選ばれし種族を破滅へ向かうがままにさせるなど、いったいだれが聞いたことがある？

ハーベロンは男助言者がちいさく跳ねながら急行リフトへついてくるのを、ちらりとたしかめた。

兵士たちがわきへよけると、リフトの扉が開いた。

「グライダーが待機しています、担当官」片方の兵士が甲高い声でいった。「警備隊はやはり拒否するのですか？　危険です。神政主義者たちが中央官庁を包囲しました。暴徒の手に落ちれば、あなたは殺されます」

「警備隊は不要だ」と、ハーベロン。

「もちろん不要です」男助言者が、訊かれてもいないのに口をはさむ。「警備隊をつければ神政主義者たちの注目を集めるだけなのは、おろか者でもわかります。それがしめすように、つつしみ深さというのは、まさに死活にかかわる……」

「もういい」ハーベロンはいらついた。「急げといったのはおまえだぞ、ツワトロ」

男助言者は黄色い跳躍尾を張りつめ、ひと跳びでリフトキャビンに入った。

ハーベロンも慎重にツワトロにつづく。

兵士二名がうしろにさがった。身長二・五メートルの力強い男たちだ。赤褐色の羽毛が頭部、短い胴体、上腕と上腿をおおう。その陰影には個体差がある。前腕と下腿部はらせん状の角質層で、三本指の手足へとつながっていた。顔面を占めるのは黄色いゼリー質の感覚器官だ。このマルチ感覚器官は十字線に似た角質の太い溝で区切られている。視聴覚的刺激のほか、においや温度も知覚するゼリー器官の下方には、伸縮性のある発話膜がある。マルチ感覚器官の左右は、組織が垂直に裂けていた。〝折りたたみ口〟だ。

唯一の衣服は、幅広の腰ベルトである。

リフトの扉がゆっくりと閉まっていく。りっぱな男たちだ、と、ハーベロンは思った。若くて堂々としている。女を泣かせてきたにちがいない。

この考えに、刺すような痛みをおぼえた。まさにその瞬間、エアクッションがふくらみ、思わず感謝した。ふくらんだプラスティック・クッションが全方向から、かれを守るようにつつみこむ。

キャビンが動きだした。

石が落ちるような速さで地面へ向かって、真空の縦穴を二百メートル落下していく。ハーベロンは軽い吐き気に襲われた。ゼリー器官が暗い色合いになる。

男助言者は感覚突起でかれを観察していたが、

「またジャシツィルのことを考えていましたね」と、突然いった。「セト＝アポフィスとマルシェンの恐怖にかけて！　まだあの不実な女との別れを悲しみ、任務に集中できずにいるのですか、ドゥールン・ハーベロン。そんなことでどうやって軌道ステーションに到着するつもりです？　ほかの担当官たちは全希望をあなたに託している。失恋の痛手に没頭する以外にすることがあるでしょう」

キャビンがきしみ、減速した。

「思考するのは自由だ」ハーベロンは不機嫌にいった。

「神政主義者たちが実権をにぎれば、思考も自由にはできなくなります」男助言者がしゅうしゅうと歯擦音《しさつおん》をたてながら否定した。

ハーベロンはこの話題をそれ以上、掘りさげるのはやめた。

エアクッションが縮み、扉が開いた。赤い人工的な光がリフト内にさしこむ。

グライダー格納庫には武装した男女がいた。そのベルトから政府の兵士だと確認できる。担当官は思わず緊張をゆるめた。

七棟ピラミッドのきびしい警備区域に神政主義者の信奉者たちが入りこんでいるとは思わなかったが、この数時間というもの、悲報ばかり聞いたから。

首都ジェイズでは通りで戦闘が起きている。惑星ヴルッグのほかの三つの巨大都市、ファリクス、カアウ、マアクアルでも、内戦のような暴動がつづいていた。

四恒星帝国全土の政府組織への攻撃は、この二時間だけでも数十カ所におよぶ。ヴルッグの外惑星、ズーベルラスとの通信連絡はとだえた。恒星アーゾトの第四惑星クサースでは、神政主義者の密偵が惑星間評議会を襲い、政府派住民を大量殺戮した。

セト＝アポフィスの急な沈黙はソールドックの文明にはかりしれない衝撃をあたえた。神政主義者のプロパガンダは巧妙で、この恐ろしい出来ごとを政府担当官のせいにしたのである。

宇宙航行関連担当官ハーベロンは、神政主義者がこのような機会を待っていたのだと確信した。

政府と特権的神官階級のあいだの紛争が、このところ先鋭化していたためだ。新しい世代の担当官たちは、ソールドックの種族の保護者であり導師であるセト＝アポフィスのイメージを非神格化しようとした。そのせいで、みずからを導師の〝唯一の真のしもべ〟と呼ぶ神政主義者は、住民への影響力を失いはしないかと案じている。

神政主義者にとって、セト＝アポフィスは神である。どのような理解をも超える超越的存在であり、すべての存在の唯一の創造主だった。神がソールドックにあたえた恩《おん》寵《ちょう》に対しては、祈り、供物《くもつ》、絶対的服従によって謝意をあらわさなければならない。神官たちはみずからを選ばれし者とみなし、供物は自分たちの手によって捧げられなければならないと考えていた。

神政主義者たちの宮殿は、国家のなかにあるもうひとつの国さながらだ。ヴルッグの無数の湖沼にある島々で、絢爛《けんらん》豪華にしつらえられた祭壇ホールに住み、惑星大都市の啓蒙的傾向を苦々しく観察している。

四恒星帝国の新世代の担当官は十七名だ。男女の助言者によって選出され、政府組織を構成している。数百年前にセト＝アポフィスとしてソールドックのもとに具現した強き存在を、現実的に理解しようと心がけていた。

セト＝アポフィスは宗教的な意味合いを持つ神ではないとの認識は、哲学的思考派の指示を受けたこともあり、徐々にひろまった。セト＝アポフィスはソールドックを利他的に支援する高度に発達した存在で、懸命で善良な導師であり、感謝と尊敬に値《あた》いする、というものだ。

担当官も神政主義者も、セト＝アポフィスへの絶対的服従・不動の忠誠においては一致している。思考の違いはわずかだった。

だが、現実的な理解が可能な高度に発達した存在に対しては……超越的な神とは対照的に……供物も、信者と神の媒介者となる神官階級も不要である。この違いこそ、神政主義者たちの特権を脅かすものだった。

グライダー格納庫を歩きながら、ハーベロンは深い憤《いきどお》りを感じた。男助言者ツワトロがひろい格納庫のプラスティック製の床を、ゴムボールのように跳ねながらついてくる。

われわれが直面しているのは宗教戦争ではない、権力闘争だ、と、担当官は見抜いていた。神政主義者たちはセト＝アポフィスの沈黙を利用し、正当な政府の転覆をはかっているのだ。

「こちらです、担当官！」グライダー格納庫の騒音のなか、声がした。

ハーベロンは大儀そうに左へ向き、グライダーのほうへ進んだ。飾りのない卵形のマシンで、主翼は葉巻の吸いさしのかたちだ。ハッチが開く。近くには大勢の兵士たちが整列していた。

向こう側の壁にある弓形の通廊から、武装した者たちが次々に入ってきて、装甲グライダーの二部隊に配置された。マシンは出発準備を完了し、電磁カタパルトの上で待機している。

合計二十機からなる二部隊は、ハーベロンがだれにも知られずに政府区域をはなれられるよう、陽動攻撃をしかけることになっている。

担当官は細いハッチをなんとかくぐりぬけ、操縦席にすわった。三本指の手が制御装置の上をしなやかに滑る。

発光ダイオードがひらめいた。

モニターが明るくなった。モニターのいくつかは格納庫をさまざまな角度からうつしだす。ほかのいくつかには、多彩なグラフや色の異なるプロジェクションがうつる。

ハーベロンの背後で音がした。

男助言者が乗りこんだのだ。数秒後、ハッチが自動的に施錠されたことをしめす光学シグナルが表示された。

ハーベロンの呼吸が荒くなる。いらいらし、不安だった。

もしも神政主義者たちがすでに防空部門を占拠していたら？　あるいは、陽動攻撃が失敗したら？

だが、なんとしても成功しなければならぬ。

かれの使命はあまりにも重要である。その成功に政府の存命がかかっているのだ。ひょっとすると、ソールドック文明の未来も。

「おちつくんだ」担当官は自分につぶやいた。「すべてのわざには時がある」

ツワトロが軽蔑したように歯擦音をたてた。

「またひとり言ですか?」男助言者……〝バーノン〟とも呼ばれる……は叱責した。「いいたいことがあるのなら、ちゃんといいなさい。唯一の友人に考えを伝えもせず、ひとり言しかいわないソールドックとともに暮らすことが、バーノンにとって快適だと思うのですか?」

「マルシェンへ行ってしまえ!」ハーベロンが悪態をついた。

ツワトロは金切り声をあげ、ショックで黙りこんだ。

ハーベロンは振り向きさえしなかった。すでに粗野な言葉を悔いてはいたが、ツワトロの饒舌《じょうぜつ》さにいらだっていたから。

国営バイオトロン工場からあらたな助言者を割り当ててもらうべきなのだろう。あるいはツワトロを検査してもらうか。だが、修理が新製品よりも高くつくようなら、ハーベロンの悪態は予想より早く現実のものとなる。

かすかな衝撃が、かれを思考から引きもどした。

牽引ビームがグライダーをとらえ、格納庫のスタートパイプ前にとりつけられた無数のカタパルトの上に持ちあげた。

それと並行して、装甲グライダー二十機のために門が開いた。電磁フィールドが形成され、鈍い輝きがカタパルトをつつむ。輝きが増していき……一瞬で全グライダーが消えた。

離陸はあまりにも速く、グライダーがスタートパイプに吸いこまれていくさい、肉眼では影さえ見えぬほどだ。

一スクリーンにハーベロンのスタートパイプがうつしだされ、音もなく出入口が開く。

スタート！

モニターの映像が消えた。

ハーベロンはたったいま、透明なフロントガラスごしにスタートパイプの暗い穴を見たばかりだったが、いまやコクピットから赤色巨星クルボシュを目の当《ま》たりにしていた。

グレイの天空を、黒い点がいくつかはしる。北西では煙雲が濃くなり、災《わざわ》いを告げるごとく空へのぼっていき、かなりの上空でようやく晴れた。エネルギー分配センターのピラミッドは煤《すす》けたガスに完全におおわれている。

燃えているのか？

それとも暴徒の方向感覚を奪うため、保安部員たちが地域を煙幕でおおったのか？

ブザーの音がした。

衝突注意だと！

担当官は悪態をついた。

ありえない！　宇宙航行はコンピュータによって制御されている。このような突発事故は……

グライダーがいきなり降下した。オートパイロットが衝突を回避したのだ。

浮遊バスが一機、ちらりと見えた。炎と煙からなる雲をたなびかせ、飛行路をすごい勢いで横切り、コントロール不能状態で地面へ向かっている。

コントロール不能？

浮遊バスの狙いは七棟ピラミッドだ！

担当官は硬直し、暴走マシンを目で追った。その下にはジェイズの政府区域がひろがっている。高さ数百メートルの七棟ピラミッドはそこにある。淡褐色から赤褐色の色合いの入れ子状の建物のあいだに、グリーンや青や金色が輝いて見える。庭や公園や木々だ。金銀細工のような高架道路が巨大ピラミッドをおおっている。

政府区域の道路や広場は、大勢のソールドックでいっぱいだ。あちこちで炎があがり、火元の上を、鋼の鳥のような災害救助隊のグライダーが浮遊している。

浮遊バスが爆発した。四方八方に火の粉が飛び散り、爆発の威力でバスはコースからはずれ、きりもみ状態で落下していく。明確にピラミッドをはずれ、その周辺部の建物のあいだへ墜落しそうだ……

大勢のソールドックたちが集まっているところへ。

と、ピラミッド先端から白熱のエネルギー・ビームがはしり、大気を通り抜け、落下していく飛行物体に触れた。

鋼とプラスティックからなる浮遊バスの外殻が赤く光り、エネルギー・ビームが消える。あたりには埃《ほこり》と煤の濃い雲がのこるだけ。それもすぐにはげしい突風で消え去った。

「時間をむだにしています、ドゥールン！」男助言者がささやいた。

「われわれみな、この無意味な戦いで時間をむだにしている」と、ハーベロン。

かれは通りに群がる暴徒を、燃えあがる建物を、はげしい戦闘をくりひろげるグライダーを見た。だが、すべては夢で、遠い過去に起きた〝終わりなき戦い〟のヴィデオ・ドラマを見ているかのようだ。種族ぜんぶを巻きこんだ兄弟殺しともいえるソールドックの昔の内戦は、セト＝アポフィスの登場で終焉を迎えたのだったが。

「ありえない！」ハーベロンが苦々しくいった。「これはすべて……事実ではない！」

ツワトロは喉を鳴らし、

「先へ行くのです、ドゥールン！」と、大声をあげた。「宇宙港へ！　できるだけ速く！　そこにフェリーが待っています……宇宙マスターが……」

ずっと右のほう、中央官庁のはしにあるピラミッド上空に、多数の装甲グライダーが旋回している。赤いローブを身にまとった神政主義者たちに導かれて進入路をこえ、押し合いながら進む数百名の暴徒に、麻痺ビームを浴びせているのだ。

ほかの装甲グライダーは飛行路を封鎖し、七棟ピラミッドを上空から防衛していた。

「セト＝アポフィスよ、助けたまえ！」ハーベロンはそういって、スイッチを深々と押した。これで、オートパイロットがプログラムずみの飛行に切り替えるだろう。

マシンのエンジンがうなりをあげた。

機体は大きく向きを変えると、ほぼ垂直になり、どんよりと煙におおわれた大都市上空へ勢いよく進んでいった。

オートパイロットが自動で発した信号が政府の周波でありますように、と、ハーベロンは祈った。散在しているこちらの陽動部隊が、空対空ミサイルなど発射してこなければいいが。

高度五千メートルで、機体は急上昇をやめ、速度をあげながら北西方向の宇宙港へ向かった。

ハーベロンのゼリー器官が心配で暗い色になる。

探知装置のモニターがリフレックス・エコーでおおわれた。装置は宇宙港の周囲をとりまくはげしいエネルギー放電を記録している。

戦略上の重要施設をめぐり、激戦がくりひろげられているのだ。

どんどん距離が縮んでいく。

「もう、あとへはひけぬ」ハーベロンの声はかすれている。

「自殺行為ですよ」男助言者がうつろに答えた。「提案ですが、着陸して、そこから徒歩で宇宙港へ向かいましょう」

遠くにちいさな点があらわれ、みるみるうちにハーベロンのマシンの四倍の大きさになる。金属製の涙滴形グライダーだ。すぐ上を飛び去っていく。

衝突警報のブザー音が鋭く鳴りひびいた。やがて沈黙し、ふたたびあらたに鳴りだす。未知飛行物体が追跡を開始したのだ。

「政府のグライダーではありませんね」ツワトロがわかりきったことをいった。

「わたしは……」ハーベロンがいいかけたが、通信装置の表示が受信を告げた。ためらいながら装置に向かう。むろん自分の側の映像は送信しないことにした。

モニターには単眼のソールドックがうつっていた。羽毛が顔を縁取っている。赤いローブを着用していることから、一神官だとわかる。

通信が成立すると、神政主義者の濃い黄色をしたゼリー器官は、勝利に輝いた。

「ドゥールン・ハーベロンよ」神政主義者が呼びかけた。「顔をかくしたところで、役にはたたんぞ。そのグライダーに乗っていることはわかっている。降伏を要求する。きみは宇宙港にも、宇宙マスターの軌道ステーションにも、たどりつくことはない」

担当官は氷水を浴びせかけられたような衝撃を受けた。

神政主義者たちは自分の使命を知っている。待ち伏せしていたにちがいない。

「裏切りです」ツワトロが声をおさえてつぶやいた。「担当官十七名のなかに、神政主義者に協力している密告者がいるにちがいありません」

そのとおりだ。ハーベロンは朦朧《もうろう》とする頭で考えた。ほかに説明のしようがない。だが、裏切り者はだれだ？　セト＝アポフィス関連担当官プリナー・ドルグか？　それとも経済関連担当官ジャルン・ラチュか？

どうでもいい……すくなくともこの瞬間は！　罠から逃れなければならない。

「なんのことか、わからんな」ドゥールン・ハーベロンは鋭い声で切り返した。「だれかと混同しておられるようだ、神官。わたしの名前はカハル・ドゥート。ジェイズ宇宙港の着陸技術者で、これが身元確認コードだ」

ハーベロンがスイッチを押すと、機内コンピュータがもしものために用意しておいたコード・インパルスを送信した。

神政主義者は三本指の手を振って、否定のしぐさをした。

「むだな骨折りだ、担当官」と、いい、「われわれ、情報を得ている。きみの任務は軌道ステーションを訪れ、カーゼル・ブーン、ウールン・スプリンクロン、テーベル・ラヴァレステラ宇宙マスターと協議することだ……〝大いなる知覚〟の作動について」

それまで冷静だった神政主義者が感情をあらわにした。

「担当官よ、われわれをばかにしているのか？　われわれの黙認なしに、自分がここまでこられたと思うか？　きみが中央官庁を出発したときに撃ち殺すこともできたのだぞ！　ただひとえにわれわれの温情で、きみはまだ生きている。これが最終通告だ。降伏せよ。三十秒以内に減速・方向転換しない場合は、撃ち落とす……」

「マルシェンに食われてしまえ、坊主！」

ハーベロンは大声をあげ、オートパイロットのコントロール・キイにこぶしをたたきつけて、自動操縦を切った。その指が制御コンソールのセンサー・ボタンの上ですばやく動く。

逆噴射だ。

振動が機体を揺るがす。マシンが動きをとめ、軽くよろめいたと思うと、いきなり方向を変えた。エンジンは最高加速し、ほぼ垂直に降下していく。

神政主義者のグライダーが一瞬で、曇った空の黒いしみになった。

レーザービームがひらめき、ハーベロンのマシンを狙ってくる。はずしたが、わずか十数メートルしかずれていない。

担当官は立腹し、うなり声をあげた。

垂直飛行をやめ、ちいさならせんを描いて機体を上昇させる。ほぼ九十度の急旋回である。サイロのような一連の建築物のすぐ上をかすめるように飛んでいった。

全方位探知スクリーンにリフレックス・エコーが光った。四つの淡い点がスクリーン中央に、すなわちハーベロンのグライダーに接近している。

「おやおや！」と、ツワトロ。

にじませた。

「そのコメント、おまえのほかの助言と同様にすばらしいな」と、ハーベロンが皮肉を

再度、急旋回する。

赤い発光ダイオードが警告を発した。耳をつんざくようなサイレンが鳴る。グライダーの強力ジェット・エンジンに、限界まで負荷がかかっているのだ。

探知スクリーンでは、リフレックスが一時的に移動して捕捉範囲をはずれたが、またすぐに追いついてきた。

急にコクピットが明るくなった。あまりの明るさで、透明キャノピーの調光機能を調節しても、光を部分的にしか弱められない。

ハーベロンはマルチ感覚器官に痛みを感じた。

一時的になにも見えず、なにも聞こえなくなった。神経に負担がかかりすぎて、うまく働かなくなったのである。知覚への刺激が混ざり合う。ハーベロンは芝生のにおいを嗅《か》いだように思った。芝生と海のにおい、トビネズミの粥《かゆ》のかすかに甘い香り。煤とプラスティックの味がして、ふたたび聴覚と視覚がもどってくる。

ぎらつく光は消えていた。

キャノピーの上に熱で溶解した跡がはしっている。

かすり傷だ、と、ハーベロンは思った。運がよかった。

ツワトロは意味もなく歯擦音をたてていたが、やがてかすれ声でいった。

「ドゥールン・ハーベロン、なにかいうことはありませんか？　われわれが全き闇に消滅し、セト＝アポフィスに呼びよせられるその前に」

担当官がいいかえした。

「この時点で、だれが死について考えるというのだ？　人生ははじまったばかり。われわれが……」

そこで中断する。

ハーベロンは探知スクリーンをにらみ、状況を理解した。

リフレックス四つとの距離は変わっていない。だが、ちいさな点の一群がそこからはなたれ、スクリーン中央へ向かって速度を増しながら驀進《ばくしん》してくる。

空対空ミサイルだ！

「セト＝アポフィスよ」と、つぶやく。「われらを守りたまえ！」

むだな祈りだとはわかっていた。すでに死の冷たさを、全き闇の氷の息を感じる。それは恒星間空間にある闇や冷気とは関係ない。かれの魂の奥底に巣食い、死の瞬間に意識の表面にのぼってくる冷たさだ。

空対空ミサイルが猛スピードで近づいてくる。ハーベロンは非常スイッチに手を伸ばし、深々と押した。

爆発音がとどろく。

ドームが吹き飛ばされた。

機体に衝撃がはしる。

グライダー内部からコクピットそのものが吹っ飛ばされた。反撥フィールドが生じ、ハーベロンとツワトロをはげしい気流の吸引力から守る。それからほんの一瞬のち、コクピットを失ったきりもみ状態のマシンに、ミサイルが命中。

世界が轟音《ごうおん》と炎につつまれた。

セト＝アポフィスの沈黙を終わらせるべく、宇宙マスター団体と協力してとりくもうとした任務の達成は絶望的となる。しかし皮肉にも、ハーベロンの頭に最後に浮かんだのは任務のことではなく、ジャシツィルの顔であった。だが、それを驚いている時間は、もうない。

ミサイルが爆発し、火の玉が闇にひろがった。

2

アルマダ牽引機のなかは孤独である。この鋼壁の向こうにある宇宙空間にはなにもなく、だれもいない。言葉を聞く者はいなかったが、ショヴクロドンは、自分をとりまく沈黙に親しみを感じていた。

「ムルクチャヴォルは使用不能となった」アルマダ工兵は、壁の操作盤とコンソールの上を神経質な蛍のごとく動きまわる光に向かってつぶやいた。「シンクロドロームはもう使い物にならない。わたしは争いに負けたのだ。以前、いくつかの争いに負けたのと同じように。だが、それは争いにすぎない。戦闘には敗《やぶ》れていない」

ショヴクロドンはアルマダ牽引機の操縦コンソールの前で黒い大型シートにゆったりとすわっていた。銀色の細い腕を肘かけにのせ、毛髪のない銀色の頭部をうしろへもたせかけている。その目は頭上に浮かぶホロ・プロジェクションに向けられた。

四恒星がうつっている。

同じ重心をめぐる一赤色巨星と一白色矮星《わいせい》。その重心から六・三光月の位置にある一黄色恒星。そこから八光月はなれた虚無空間にあるオレンジ色の一恒星。黄色恒星と同じ重心をめぐるが、軌道はそれに対して垂直だ。

この未知の四恒星系は、走査機によると二十七の惑星を持つ。アルマダ牽引機の探知マイクロフォンが傍受した電磁インパルスから、惑星間文明がひとつあるとわかった。

「われわれがおこなっているのは、戦闘だ」

ショヴクロドンがくりかえした。もちろんコンピュータが聞いていないことはわかっている。未知文明の詳細を探りだすので忙しいのだから。

「これは戦闘だ。しかも、はじまったばかり。そこかしこで小競《こぜ》り合いがあり、そういう争いのひとつでシンクロドロームが犠牲になった。さらに、戦闘はひとつではない。実際のところ、ふたつある」アルマダ工兵は考えにふける。「第一はひそかな戦闘である。暗闇にひそみ、匿名性の陰にかくれ、われわれに対する他者の信頼に守られた状態でおこなう。このひそかな戦闘の相手は、アルマダ中枢……オルドバンそのもの。その声がふたたび語りかけてくることは、もうないかもしれない。

無限アルマダは指導者を失った。それも、永劫ともいえる長いあいだ探してきたトリイクル9が見つかり、いにしえの使命を満たすべく強大な指導者が必要とされる、このときに。つまり、われわれアルマダ工兵が指揮をとるべき時がきたのはまちがいない……」

壁の操作盤の上で踊る光の動きが、さらにはげしくなる。アルマダ牽引機の高性能マイクロフォンが、倦《う》むことなく情報を集めているのだ。大量のデータがコンピュータのメガビット記憶バンクへ流れこんでいく。全体の最終数値計算、確率予測と比較分析が、モザイクだった情報の穴を徐々に埋めていった。

ショヴクロドンは銀色の手で禿頭《とくとう》をなでた。顔に表情はない。純銀の塊りを彫刻家が切削加工したかのごとくだ。

「第二の戦闘は」と、つぶやいた。「性質が異なる。武器を使い、暴力と冷酷さをもって実行するものだ。残忍行為による死を恐れることなく、それを目的達成の手段として活用する。この戦闘の相手は大勢いるが、多くの名前と顔をあげるより、ただひとつの名前が、なによりもこの戦闘を特徴づける。その名はペリー・ローダン」

その音の響きが、アルマダ工兵を思考の世界から引きはなした。左手のひとさし指で、肘かけのセンサー・キイに触れる。

わきを一瞥《いちべつ》し、色分けされた3Dダイヤグラムを見た。一宇宙船がアルマダ牽引機をまだ追跡している。

当然だ、と、ショヴクロドンは意地の悪い考えにふける。かれらは追跡を放棄するなどできない。わたしがいまも細胞組織を持つと知っているのだから。ペリー・ローダンともうひとりのテラナー、ロナルド・テケナーの細胞サンプルを。

だが、追っ手のテラ宇宙艦に対して、アルマダ工兵はなんの心配もしていなかった。相手はいま、ほぼ探知範囲外にいる。逆に、敵の技術がアルマダ牽引機を探知できるほどのものかどうかは疑わしい。

大型シートの隣りで床に開口部が生じ、テレスコープ・アームがまわりながら上昇してきた。アーム先端には細い金属製の環が固定されている。

ひんやりした環がショヴクロドンの頭にぴったりとはまった。

大脳フィードバックである。搭載コンピュータのデータ記憶バンクから直接、情報がショヴクロドンの脳へ流れていく。

情報が流れこむあいだじゅう、概念があらわれては解明される。

ソールドック……四恒星帝国……ヴルッグ……セト＝アポフィス……神的存在が信者への連絡を絶ったせいで、異なる信念を持つグループ同士の内乱が起こり……

アルマダ工兵の氷を思わせる目に、はじめて驚きのようなものがあらわれた。

ばかばかしいなんて話ではない……狂っている！

ソールドックと名乗る未知者たちは、比較的高度に発達した技術を持ちながらも宗教的狂気の犠牲となり、それが命取りになっているようだ。

どうやらつい最近まで、セト＝アポフィスという名の神的存在とソールドックのあいだには頻繁な交流があったらしい。その交流が絶たれた。これを、神政主義者という一グループが、もうひとつのグループである担当官たちのせいにしたようだ。

ショヴクロドンは微笑を浮かべ、銀色の顔がゆがんだ。

どうやら、自分が相手にするのは、はなはだしいおろか者の集団らしい。信仰に熱狂するあまり、子供じみた狂気をもって滑稽な宗教戦争に突入したのだ。頭の混乱した崇拝者が全惑星にあふれている。神的存在が降臨して自分たちとおしゃべりすると、本当に確信しているのだから。

かれら、なにをわめいているのだ？　と、アルマダ工兵は辛辣《しんらつ》になる。供物が高すぎると値切る声がある。とっくに奇蹟が起こって治癒しているはずだと告訴する者もいる。時代遅れのお祈りを聞かされたと非難する声も！

集団狂気ということ。

そうにきまっている。

通信周波にあふれるソールドックの悲嘆の叫び声を聞いたショヴクロドンは、それがわずかなりとも真実に合致しているとは、一瞬も思わなかった。

かれの分析によれば……コンピュータもそれに同意した……二種類の特権集団がばかな民衆を支配し、その権力安定のために神的存在セト＝アポフィスを利用しているだけのこと。被支配者たちに対し、自分たちの命令が至高の立場からだと裏づけるために、神的存在とテレパシーでコンタクトできると主張している。

アルマダ工兵は軽蔑のあまり、大きく息を吐いた。

この生物の大部分がくだらない宗教的ナンセンスに引っかかったことを、まったく不思議には思わなかった。どんな種族にも九十九パーセントのおろか者がいて、エリートの力強い導きを必要とすると確信していたから。

ただし、たがいに反目しているこの特権集団は、どうやら自分たちで張りめぐらせた嘘でがんじがらめになったようだ。ばかげた崇拝対象の沈黙をこれほど真剣に嘆いている理由は、ほかに説明できない。

そのほかの情報もショヴクロドンの意識に流れこむ。

かれの驚きはさらに増した。ソールドック文明すなわちその社会的・哲学的システムのすべては、なにをとりあげてもセト＝アポフィスに集約されることがしめされる。そしていま、神的存在は沈黙し、文明は絶滅寸前なのである。

混乱、無政府状態、襲撃、殺人……それらが四恒星帝国の惑星のイメージを形成していた。

「本当に信じているのだ！」アルマダ工兵は思わず声をあげた。「この狂気を増大させたあまり、逃げ道がなくなっている！」

かれの目が輝いた。

ぼんやりと、やがて徐々に細かく、思考のなかに計画がかたちづくられていく。

追跡者を振りはらい、テラナー二名の細胞組織を無限アルマダへ持ちかえる方法を見いださなければならない。それに、ペリー・ローダン……追跡者の宇宙艦にいるはずのローダンを食いとめなければならない。

その計画実行に、四恒星帝国の狂った神のしもべたちが役だつだろう。

ショヴクロドンは前に身を乗りだした。

「対探知システム、解除」と、音声命令を出した。搭載コンピュータの音声受信機がこれを受領し、計算機が作動。「ソールドックがヴルッグと呼んでいる惑星へコースをとれ。いまから述べるメッセージをソールドック語に翻訳し、飛行中、すべての周波で発信しつづけよ……」

ショヴクロドンはメッセージを入念に言葉にすると、満足げにシートにもたれかかった。

対探知システムを切ったから、テラナーたちはアルマダ牽引機を苦もなく発見し、こちらのコースを追跡できるだろう。しかし、それを心配してはいない。

その反対である。

テラナーが四恒星帝国まで自分を追ってくるというのが、とても重要なことなのだ。

ショヴクロドンはふたたび笑みを浮かべた。だが、それは愉快さから生まれる笑みではなかった。

3

ドゥールン・ハーベロンは目ざめたとき、どのくらい意識を失っていたのかわからなかった。

生きている！　そう思った。セト＝アポフィスよ！　わたしは生きている！

「もちろん、生きています」ツワトロがささやく。宇宙航行関連担当官はそれではじめて、自分が考えを声に出していたと気づいた。「問題は、あとどれだけ生きられるかということ」

うめき声をあげながら、ハーベロンは起きあがった。

射出コクピットのエアバッグが衝撃を和らげてくれた。それでも全身の骨を折ったような心持ちだった。

煙とオゾンのにおいがする。すぐそばに燃えつきた小ピラミッドの残骸がそびえていた。のこっているのは鋼の骨組みだけ。土台の一部がまだ燃えているため、気絶しそうな熱が周囲にひろがっていた。通りには汚物や瓦礫《がれき》のほか、グライダー二機の残骸がころがっている。そこここに加熱して溶けたプラスティック・プレートがあり、その下にはソールドックの遺体が複数あった。

ハーベロンの折りたたみ口がぴくりとする。吐き気に襲われた。

遠くで悲鳴があがり、鈍い爆発音がそれをかき消す。

「ここは……どこだ？」担当官はかすれ声だ。

ツワトロは黄色い跳躍尾を使って勢いよくジャンプした。グライダーの残骸をこえるほど大きな距離を跳び、ピラミッド残骸から遠くないところにある目立たない金属板の表示を調べた。それから担当官のもとにもどる。

「ジェイズの北境界ですね」と、ツワトロはいいながら、燃えつきたピラミッドを巨大な頭部でさししめした。「あれは神政主義者たちが破壊した政府庁舎の建物のひとつです。つまり、われわれ、敵の勢力圏にいるということ」

「マルシェン！」担当官が悪態をついた。

町の北端か！　遠くまで流されたもんだ。宇宙港まで航路で八、九キロメートルだろうか。そこにたどりつく希望はない。

遅かれ早かれ、神政主義者に見つかるだろう。

「もう、なにをしてもむだだ」ハーベロンは意気消沈した。「ほかの担当官たちに失敗を伝えなければならない。使命をはたせなかった」

ツワトロは首を振った。

「それなら急がないと、ドゥールン・ハーベロン」と、生体アンドロイドが助言し、感覚突起で上方をさししめした。

担当官は用心深くうしろを振り向き、見あげた。

影が四つ……いや、五つ、煙につつまれたジェイズの上空を飛んでいる。

神官たちのいまいましい涙滴形グライダーだ。そのうちの四機が先ほどミサイル攻撃をしかけてきたのだ！

「われわれを探している」と、ハーベロンが押し殺したようにいう。

「われわれを見つけたのです！」バーノンが訂正した。

ツワトロが正解である。飛行物体はかれらのもとへまっしぐらに進んできた。ハーベロンは次に起こることに確信を持った。

殺されるのだ。

射出コクピットの残骸を探った。通信機がある！　だが、衝突で留め具がはずれ、壊れていた。

怒りと絶望に襲われる。

これでは中央官庁と連絡がとれない。ほかの担当官たちはかれが宇宙港までたどりつけたと思うだろう。上空の軌道ステーションでは、かれを待っているというのに。

「マルシェン！」ハーベロンはまた悪態をついた。「神政主義者などマルシェンに行ってしまえ！」

ツワトロは驚いて割れ声をあげた。

「常識的なソールドックならば記憶から消し去るのが最善といえる惑星の名前を、これほどしつこく口にするとは。われわれの関係は徐々に破壊されますよ、ドゥールン・ハーベロン」男助言者が苦情を訴え、辛辣につけくわえた。「ジャシツィルがあなたのもとを去ったのもよくわかります」

「おまえはなにもわかっていない」ハーベロンは語気を荒らげた。

敵のグライダーが東の高層住宅群の上空にあらわれた。あと二分、長くて三分でここにくるはずだ。

ハーベロンは男助言者を振り返りもせず、瓦礫だらけの通りを大股で歩きだした。

生きているソールドックがどこにも見当たらない。

戦いを生きのびたこの地区の住民たちは、おそらく避難したか、地下室にかくれたのだろう。

担当官が目にしたものは、焼け落ちたグライダーの残骸やがらくた、破片、煤で黒くなった建物のファサード、はげしい戦いの犠牲者……政府の兵士や民兵や神政主義者の信者たちだ。

むろん、神官はひとりも犠牲になっていない。

あいつらしいと、ハーベロンは鬱々と考えた。贅沢な暮らしのために陰謀をめぐらせて供物を受けとるのはまだいい。だが、ことが重大になると、信者たちをそそのかして戦場に送り、自分たちは陰に引っこんでいるとは！

「待ちなさい！」うしろからツワトロが呼んだ。「待つのです、ドゥールルン・ハーベロン！　あなたは過ちをおかしている！」

「われわれみな、過ちをおかすもの」担当官は叫んだが、大急ぎのまま先へ行く。見るも無残に炎に襲われたひろい野原や、木々が炭化した林を抜けた。高架道路の折れ曲がった車線の下を通り、楔《くさび》のようにたがいに食いこんだ瓦礫のあいだを過ぎ、先へ、先へ、先へ。

鈍い音が追いかけてくる。一瞬、神政主義者に発見されたかと不安になったが、ツワトロだった。跳ねながらついてくる。とうとう追いついた。

「あなたは過ちをおかしている、ドゥールルン・ハーベロン」男助言者は泣きそうになっている。「とんでもない過ちです。あなたが近づいているのは……」

バーノンが口をつぐんだ。

ハーベロンは立ちどまった。

息が荒い。墜落の後遺症か、悪態ばかりついたせいか、すこしよろめいた。

ぼうっとしたまま前方を見やる。見間違いであることを望んだが、そうではない。

ここは最後に通りすぎた建物から五、六十メートルの場所だ。

左右から、赤錆《あかさび》色に塗られた巨大な指のごとく、展望台がそびえていた。その柱が地上四十メートルの高さで湾曲し、鉢状のプラットフォームをつくっている。

それまで街路を縁取っていたグリーンやブルーや金色の植生が、石を投げればとどくほどの距離からは黒く変色し、荒れ地に変わっていた。

荒涼とした不毛の土地は地平線までひろがっている。おそらく、その先の生物のいない領域まで伸びているだろう。クレーターが口を開け、地面に亀裂がはしっている。この荒廃した風景は腐りかけた潰瘍《かいよう》のごとく、惑星ヴルッグを醜くしている。

それよりもさらに陰気で絶望的に見える空には、殺風景《さっぷうけい》な土地をかこむように、輝くカーテンがひろがっていた。

はっきりとは見分けられない防壁が上空を隙間なくおおい、この区域の荒廃や破壊の原因となったものを封じこめているのだ。

鐘形の反撥フィールドである。

ここは〝非常ゾーン〟の前だ！

赤色恒星の熱や、炎のにおいと煙にまじって町から流れてくる熱風にもかかわらず、ハーベロンは思わず寒気《さむけ》を感じた。

ソールドックが住む惑星のほぼすべてに、この非常ゾーンがある。セト＝アポフィスが出現する以前の〝終わりなき戦い〟に由来するものだ。おぞましい戦いでソールドック種族はたがいを引き裂き、一帯は放射能や細菌で汚染された。そのすべてを、セト＝アポフィスの慈悲と叡智《えいち》が終わらせたのだ。

ソールドックの平和はセト＝アポフィスのおかげである。慈悲深い導師の影響が、張り合うソールドック種族をひとつにし、武器ではなく言葉によって意見の相違に決着をつけさせるようにした。セト＝アポフィスの指導のもと、四恒星帝国はあらたな繁栄を手に入れたのだ。

この介入がなかったら、ソールドックは終わりなき戦いで集団自殺の悲劇にいたっていただろう。それはだれもがわかっている。

これを忘れないための警告として、汚染区域のいくつかを反撥フィールドで封じこめ、当時のままのこしているのだ。どのソールドックも、人生のどこかの地点で展望台のひとつに立ち、セト＝アポフィスの助けにより種族が逃れることのできた運命を自分の目で見る。

「われわれ、引き返さなければ」と、ハーベロン。

「だからいったでしょう、過ちをおかしていると。でも、もう遅すぎます」ツワトロがいらだって歯擦音をたてた。

担当官はうしろを振り向く。

そこに、かれらがいた。

神政主義者たちの大きな涙滴形グライダーが一機、町の境界をこえて、低空飛行で通りの上を飛んでいる。

ほかにも、半円形フォーメーションを組んだ四機がいた。

八方ふさがりということ。

いや、ひとつだけ、逃げ道がある。

非常ゾーンへの道だ。

「狂気の沙汰です！」男助言者が抗議し、ハーベロンの思考を……しばしばそうしてきたように……察知したことをしめした。「非常ゾーンで生きのびるには、非常ゾーン巡回者を呼んでこないと。いまからだと時間がない……」

「議論している時間もないぞ」ハーベロンがつっけんどんにいいかえした。「ここにいれば神政主義者に殺される。かれらに勝利のよろこびをあたえるくらいなら、非常ゾーンで野垂れ死ぬほうがましだ」

ツワトロがしゅうと声を出した。安全弁から蒸気が抜けるような鈍い音だった。

「あなたのいうとおりです。さ、行きましょう、ドゥールン・ハーベロン」

「行きましょう、だと？」担当官は混乱した。「ツワトロ、わかってるだろう。自分が破損や破壊にいたりそうな場合は、助言者はしたがわなくていいんだ。おまえのプログラミングは……」

「行きましょう」ツワトロは動揺せずに、くりかえした。「それとも、この論争をべつの方法で解決しますか」

男助言者は跳躍尾を使って跳ねあがり、十数メートルをジャンプして着地すると、即座にまた跳ねた。

ハーベロンは駆けだした。

背後ではグライダーのエンジン音がどんどん大きくなる。恐怖に羽毛が逆立った。もしも相手が撃ってきたら……

だが、かれらは撃ってこなかった。神政主義者は、ハーベロンを確実に捕まえたと思ったのだ。まさか非常ゾーンへ飛びこむとは思いもしていない。非常ゾーン巡回者も連れていないのだから。かれらはハーベロンをもてあそび、残忍な狩りを最後まで楽しんだ。

ハーベロンは速度をあげた。男助言者はすでに鐘形の反撥フィールドにたどりつき、担当官を振り返っている。ハーベロンはうながすような歯擦音を聞いた。ツワトロが跳ね、反撥フィールドを突き抜ける。その瞬間、フィールドが輝き、男助言者は灰黒色の瓦礫の山に着地した。

もうもうと埃があがる。

ハーベロンのすぐ目の前に反撥フィールドがあった。とっさにこぶしを握る。恐怖で声も出ない。それでもとまらずに、先へ急いだ。

反撥フィールドに接触したとたん、からだがちくちくした。

マルチ感覚器官が鋭くきしむ音をとらえたが、そのときには通り抜けていた。

担当官は息を切らす。

空気は汚く、黴《かび》と疫病と腐敗のにおいがした。角質層の足指の下で煤が舞いあがる。

もうひとつ特徴的なのは静寂である。エンジン音が突然、聞こえなくなった。反撥フィールドは充分な圧をかければ物質本体は通すものの、強い放射は完全に吸収し、音波も弱めるのだ。外界からの音は、聞きとれないざわめきになる。

悪臭もそのせいだ。息が詰まりそうになった。

外界と非常ゾーン間の空気の入れ替えはとてもゆっくりなうえに、外界から非常ゾーンへの一方通行なのだ。

「こっちへ、ドゥールルン・ハーベロン!」男助言者の声が重苦しい沈黙を破った。「急がないと」

担当官はきた道を振り返った。さらに煤煙がもうもうと舞いあがり、羽毛に付着し、気道に入る。ハーベロンは息が詰まって咳《せ》きこんだ。繊細な粘膜が粉塵《ふんじん》にやられてしまわぬよう、急いで折りたたみ口をかたく閉じる。

やがて、追跡者のグライダーが着陸した。

ソールドックたちが降りてきて、通りや塔のあいだをうろうろしている。神政主義者の赤いローブがはっきり見えた。〝唯一の真のしもべ〟の修練士たちも数名いる。腰ベルトの装飾で認識できた。だが、追跡者の大部分はヒステリー状態の信者と、下水溝から出てきたような落ちぶれた者たちだ。

ハーベロンは怒りで息が荒くなった。

かれはこの連中を知っている。神政主義者たちがまわりに集めた仕事嫌いのごろつきで、信者の供物を食い物にしているのだ。こうして神官たちは、目につかないかたちで四恒星帝国のならず者を疑似軍隊にしたてあげ、政府への反乱の基盤にしていた。

涙滴形グライダーのそばの神官が身振り手振りで話している。追跡者の一名がハーベロンに向けてブラスターを発射した。だが、エネルギー・ビームは反撥フィールドの表面で分解された。

担当官は前へ向きなおると、急いで歩きだした。

いまや追跡者たちも、かれを殺すためには非常ゾーンに入らなければならないとわかったのだ。反撥フィールドが内からも外からも放射を吸収するから。非常ゾーン巡回者を連れてくるだろう。

そうしたら、ひょっとすると……

ハーベロンは考えを押しやった。期待してもむだなこと。神政主義者に捕まらなくても、非常ゾーンは放射能と細菌と化学物質に汚染されている。たぶん当時、この三つすべてを使った大量殺戮手段が投入されたのだろう。セト＝アポフィスが平和をもたらす前、ソールドックの祖先は恐ろしく冷酷だったのだ。

ドゥールン・ハーベロンは埃まみれで黒いクレーターと地面の割れ目のあいだをつたい、生物のいない殺風景な荒れ地へさらに深く入っていった。一歩進むごとに、死へ近づいていく。

男助言者が黙って、跳ねながらついてきた。

＊

はるか上空の惑星周回軌道では、ヴルッグを揺るがす動乱や戦いにまったく気づいていなかった。どのような炎も、その明るさを軌道までとどかせることはできない。たとえ全都市が燃えあがったとしても、上空からは巨大なグリーンの球体に赤い斑点がひとつある程度にしか見えないだろう。

まだそれほどひどくはない、と、宇宙マスターのカーゼル・ブーンは、かすかな反抗心もあって、そう考えていた。

ブーンは年老いたがっしりしたソールドックである。グレイの羽毛に、ほとんど黄土色のゼリー器官。らせん状の角質からなる前腕と脛《すね》は風化した玄武岩のような色合いをしている。無数の装備と道具がおさまる腰ベルトはひび割れ、擦り切れて見えた。会議室のぼやけた照明のもとでは、実物よりよく見えるものだが。

ベルトもまたこの男同様、非常に古いのだ。

「宇宙港から連絡がない」と、テーベル・ラヴァレステが持ち前の甲高い声で告げた。

ブーンは低い声でうなった。

翼形シートにすわったまま、男助言者クウォンのほうを向き、

「おまえならなんという、灰色頭よ？」

男助言者は割れ声をあげた。宇宙マスターと同じように古くなったアンドロイドの頭は、埃のようなグレイだ。感覚突起を震わせて、

「待つ者はいくつもの重要な瞬間を逸します。行動する者は目の前にあるものしか見ません。待ちながら行動する者、あるいは行動しながら待つ者だけが、部分を全体につなぎ合わせることができるのです」

ラヴァレステが口笛のような調子はずれの音を出し、

「このアンドロイドはいいかげんにマルシェン行きだ」と、大声をあげた。「この数年

というもの、まともな言葉を発していない。おまけに、曖昧模糊とした哲学がいまのわれわれの状況にどう役だつのか、わたしにはわからない」

　カーゼル・ブーンはふたたび楕円形の会議テーブルに向きなおった。

「きみには多くのことがわからないのだ」年老いた宇宙マスターはいった。「それというのも、宇宙線に脳を焼きつくされたからな」

「よくもそのような……！」ラヴァレステは憤慨し、マルチ器官がほとんどオレンジ色になる。会議室にいる三人めの宇宙マスター、ウールン・スプリンクロンが腕をあげてなだめた。

「喧嘩はやめよう。われわれ、重要なことを話し合わなければならない。四恒星帝国の争いは、ヴルッグやその他の惑星でもうたくさんだ。宇宙マスター同士が不和では、いったい帝国はどうなる？」

「これは原則の問題だ」テーベル・ラヴァレステは頑固である。「この老人は、四歳若いというだけでわたしを青二才のようにあつかう。それに、カーゼルの男助言者は実際、マルシェン行きだ。これを疑う者にはまったく分別がないと断定できる」

「そのとおり、そのとおり」ラヴァレステの男助言者がつけくわえた。会議室のすみでとぐろを巻き、感覚突起を興奮で震わせて出来ごとを追っている。

「マルシェンか」ブーンがつぶやいた。ラヴァレステのほかの言葉には言及しない。

「もとのテーマにもどったな」

居心地の悪い沈黙が生じた。

三名の宇宙マスターは、マルシェンがなにを意味するか知っている。

マルシェンは、悪夢に出てくるような恐怖だ。不安と驚愕を意味する。墓場の冷気であり、死の腐敗であり、狂気がかたちになったもの。だれも食いとめることのできない終わりなき苦痛なのだ。

だが同時に、マルシェンはソールドックにのこされた唯一の希望でもある。

カーゼル・ブーンは極寒の風に吹かれたかのように身震いした。この数週間ずっと感じていたむなしさが襲ってくる。セト＝アポフィスが沈黙してから全ソールドックが感じているもので、物質的な空虚感ではない。魂が空っぽなのだ。愛する伴侶《はんりょ》の死と同じく、その痛みを癒す手段はない。

ソールドックが行動に追いたてられるのはこの痛みのせいか、と、年老いた宇宙マスターは悟った。生まれたときから聞いてきたセト＝アポフィスの声が、いまや沈黙している。われわれは孤立したのだ。

「おそらく」ブーンがゆっくり話しはじめた。「セト＝アポフィスはわれわれを勘当したのだ。われわれがした不当なことへの罰なのだろう」

スプリンクロンとラヴァレステは驚きのあまり、ブーンを凝視した。

ラヴァレステが萌黄色の羽毛を逆立て、

「そんなこと……ありえない」と、割れ声をあげた。「神への冒瀆《ぼうとく》だ！」

「ほう？」ブーンがおもしろそうに応えた。「年をとったら神政主義者になるつもりか？」

宇宙マスター二名のあいだの緊張があからさまな諍《いさか》いにならぬよう、スプリンクロンがまた介入してなだめた。

「なぜセト＝アポフィスが沈黙を守っているのか、その理由は重要ではない」と、スプリンクロン。「重要なのは、沈黙しているという事実だ。この状態は耐えがたく、どんなことがあっても変えなければならない……あらゆる手段を用いて。この一点において、われわれは一致している」

「マルシェンの〝大いなる知覚〟を用いて、だな」ブーンが苦々しくつけくわえた。

ふたたび重苦しい沈黙が生じた。

宇宙マスター三名はテーブルに向かい合っている。飾り気のない会議室のなか、ヴルッグのはるか上空の軌道で、考えをあえて口にする者はだれもいない。

ついにブーンが口火を切った。

「現実に向かい合おう」がらがら声をあげた。「ジェイズの中央官庁との連絡はとだえ、担当官たちとのコンタクトも失われた。宇宙航行関連担当官ドゥールン・ハーベロンはどう考えても、宇宙港への道中で神政主義者の手に落ちたのだろう。そうでないなら、連絡が入るか、とっくに軌道ステーションにきているはず」

ブーンはうながすように二名を見た。

「きみのいうとおりだ」スプリンクロンがいった。

ラヴァレステも賛意を表して手を振った。

「よろしい」ブーンがつづける。「われわれ、ドゥールンがどのような使命を帯びてこちらへ向かっていたか、知っている。セト＝アポフィスの沈黙とこの内乱、ソールドックの町で起きている暴走をとめるために実行可能な方法は、ひとつしかない。恒星グドゥールファグの第二惑星マルシェンにある、大いなる知覚だ」

「大いなる知覚は古いもの」ブーンの男助言者、クウォンが歯擦音をたてた。「一度もその声をあげたことがありません」

「黙れ、灰色頭！」ブーンが雷を落とした。「いま語っているのは宇宙マスターだ。宇宙マスターが語るときは、どのバーノンも黙るもの！」

クウォンがすまなそうにしゅうしゅう声を出した。

「われわれ、リスクをおかして大いなる知覚を作動すべきか決断する前に、根本的なことをいくつか明らかにしておかなければならない」ブーンはほかの宇宙マスター二名に向きなおった。「まずは内乱だ。われわれ宇宙マスターはだれも、神政主義者にほんのわずかな好感さえ持っていない。かれらは種族を愚鈍にし、学問を抑圧し、ソールドック文明の発展を阻《はば》んでいる。

　この内乱で神政主義者たちが勝利をおさめれば、今後数十年のあいだ、ソールドックが四恒星帝国の境界をこえて発展することはないだろう。それが技術的・経済的な停滞につながることはおくとして、そのような誤った方向への発展は、われわれを導き支えるセト＝アポフィスの意図ではない」

「そのとおりだ」ラヴァレステが賛成した。「セト＝アポフィスはまだ沈黙する前、ソールドックが強大であることがどれほど重要か、頻繁に言及していた」

「セト＝アポフィスが沈黙したころには、もよりの星系に入植する準備がすでにかなり進んでいたもの」ブーンがさらに言葉を継いだ。「居住可能な惑星のカタログをつくり、測量し、綿密な調査をおこなった。担当官理事会は、宇宙マスターに入植計画の実行命令を出すつもりでいたのだ。ところがそこで、さっきいったとおり、内乱がはじまった」

「内乱でなく、兄弟間の戦争だ」ウールルン・スプリンクロンが暗い声で訂正した。「第二の終わりなき戦いということ」

「それはまだわからない！」ラヴァレステの声が大きくなる。

　ブーンがこぶしでテーブルをたたいた。

「名称は重要ではない。事実は、四恒星帝国の全惑星で殺戮が横行していることだ。ソールドックがたがいを引き裂き、帝国は崩壊寸前になっている。セト＝アポフィスのしてくれたことすべてが、むだだったかのようだ」

ブーンは背もたれによりかかった。

「終わらせなければならん。方法はわかっている。だが、わからないことがあるのだ。われわれにそれが許されるのか？」

ラヴァレステとスプリンクロンは驚いたようである。

「だが、政府が……」と、ラヴァレステ。

「政府は連絡してこない」ブーンがさえぎった。「七棟ピラミッドの周囲で戦いが起きている。担当官たちはすでに神政主義者に殺されたのかもしれない。もしかすると、もう新政府が設立されたかもしれない。あるいは担当官たちが考えを変え、大いなる知覚の作動計画を放棄したのかもしれない。わかるか、きみたち？　それをたしかめることはできないのだ。

となると、われわれの行動は自主的なものとなる。宇宙マスター団体は超国家的組織ではないから、政府の支配下にあるということ。政府の明確な指示なしにわれわれがなんらかの手を打てば、それは違法になる」

「違法？」スプリンクロンがおうむ返しにたずねた。「ヴルッグで起きていることを見たらどうだ。あるいはズーベルラス、サコラやクサースで起きていることは合法なのか？」

　ラヴァレステが立ちあがった。

「わたしは緊急事態だといいたい」と、耳ざわりな声で話しはじめた。「ソールドック文明そのものが滅亡の危機にある。われわれが誤った行動をとれば被害は大きいが、まったく行動しなければ破滅へまっしぐらだ。責任はわれわれの手にある」

「すわってくれ、テーベル」ブーンがそっけなく要求した。「大仰《おおぎょう》な身振りはなんの役にもたたない。わたしはただ、われわれが独断で大いなる知覚を作動すればなにに巻きこまれるのかを、はっきり突きつけただけだ。命取りになりうるのだぞ」

「これからわかるだろう」ラヴァレステが手をあげて制した。「われわれ、意見は一致したな？」

「ちょっと待て」と、スプリンクロン。「ほかの宇宙マスターたちの賛成を得ていないではないか……」

　ラヴァレステが攻撃的な身振りをし、

「賛意が得られるか、疑っているのかね？」と、問うた。「友たちがどのように考えるかは、われわれ全員わかっている。たった二名が反対するとしても、わたしは自分の羽根をすべてむしりとるつもりだ」

ブーンが嘲笑するようにラヴァレステを見て、うなりながらいった。

「きみはわたしに興味がないことをさせようとしているな、坊や……」

一瞬ラヴァレステは意味がわからなかったようだが、すぐに怒りの声をあげた。

だが、怒りを言葉にする前に、警報が鳴りひびいた。

楕円形のプラスティック・テーブルの上にホログラム・フィールドが形成され、軌道主任の三次元の姿がうつしだされた。そのマルチ感覚器官は妙に青ざめている。

なにかが起きた、と、カーゼル・ブーンは思った。ずいぶん混乱しているようだ。

「宇宙マスター！」と、ヴルッグの軌道ステーション長は大声で話しだした。「探知した、宇宙マスター！　なにか物体が……宇宙船のようだが……四恒星帝国に接近中。最終算出コースではまっすぐヴルッグへ向かっている。外からやってきたのだ！　恒星間宇宙の外から！」

これで状況が完全に変わった、と、ブーンは麻痺したように考えた。もしかすると、セト＝アポフィスからの合図だ！　使者かもしれない！

だが、すぐに希望的観測だと思いとどまった。飛行物体の正体はなんでもありうる。侵略のはじまりかもしれない。

「軌道ステーション全域に最高レベルの警報を出すのだ」カーゼル・ブーンが命じた。

「使用可能な多目的グライダーをすべてヴルッグ周辺に招集し、戦闘態勢に入れ。ただし、戦うのは直接わたしが命令を出してからだ。通信により未知物体と接触を試みよ。わたしは……」

軌道主任の姿が一瞬、映像装置の識別ゾーンから消え、軌道ステーション司令本部のようすがうつしだされた。軌道ステーションはヴルッグの上空に浮かぶ全長五千メートル、直径八百メートルの鋼製シリンダーで、その中央高くにある十二デッキがステーションの心臓部だ。

「カーゼル！」軌道主任が大声をあげ、ふたたびあらわれた。かれのゼリー器官はいまやすっかり白くなっている。とほうもない興奮の証拠だ。「未知物体が……通信してきた！　全周波で送信している。われわれの言語だ。聞いてくれ、カーゼル！　なんといっているか、聞いてくれ！」

カーゼル・ブーンとほかの宇宙マスター二名は未知の声を聞き、その言葉を理解した。

突然、世界が静止し、跳躍する。そのあと、世界は以前よりも速くまわりだした……

4

「かれがなぜ対探知システムを解除したのか、知りたいものだ」しずまりかえった《サンダーワード》の司令室で、ペリー・ローダンがいった。

〝かれ〟とはショヴクロドンのこと。このアルマダ工兵がシンクロドローム〝ムルクチャヴォル〟から逃亡して以来、《サンダーワード》は追跡してきた。

「たぶん、むだだとわかったのよ」と、ゲシールが答えた。「わたしたちからかくれられないとわかって、公然と対決するつもりよ」

おそらく……と、ローダンは考えた。だが、たしかだろうか？　ショヴクロドンは危険な敵だ。もう何度も体験した。甘く見てはならない。

「わたしにいわせてもらえば」と、《サンダーワード》艦長アタノス・ヴラットがつぶやいた。「あの呪われたアルマダ工兵、呪われたことを考えています。これが思い違いなら、わたしは呪われてもいい」

ローダンがしかめ面《つら》になる。

ヴラットは大げさな態度をとる男だが、〝呪われた〟という語への偏愛は目にあまるものがあった。

「それはいわないほうがいいぞ」低い声が響いた。

コスモクラートの使者で〝ひとつ目〟を自称するタウレクである。ゆったりとコンピュータのコンソールによりかかり、ヴラットを横から眺めていた。

ヴラットはむっとして、タウレクのほうに向いた。

テーベ級戦艦の艦長は……この時代のたいていの人間同様……長身痩軀《そうく》で淡褐色の肌である。若々しい顔から、張り出し窓のように鼻が突きでる。ローダンがぼんやりと確認した目の色は、黒い。ふたつの石炭のかけらのようだ。

「あなたがどういう意味でいったのかわかるなら、わたしは呪われてもいい、タウレク」ヴラットがふてくされた。

「まさにそれだよ、アタノス・ヴラット」コスモクラートの代理人が説明した。「呪われてもいい、などといわないことだ。呪われるのがどんなことか、きみには想像もつくまい。それはだれにも想像できない」

ヴラットが攻撃的に言葉を返す。

「だれにもできない……つまり、あなた以外はということですか？」この攻撃性は不信感のせいだと、ローダンは見抜いた。タウレクはヴラットをいらいらさせるようだ。

だが、タウレクのそばにいて、いらいらしない者がいるだろうか？　ローダンはおだやかな皮肉とともに自問した。

「想像することが？」と、タウレクがつぶやく。その顔からほほえみが消え、石のようになった。肉食獣の目が奇妙な輝きを宿す。「想像する必要などない。呪われるのがどんなことか、わたしは知っている。呪いの劫罰《ごうばつ》というのはたんなる言葉ではない、アタノス・ヴラット。冷たく、苦く、無慈悲なものだ。追い返せない客なのだ。いつくるか知らされないが、くればわかる。感じるのだよ、ヴラット。わかるか？」

テーベ級の艦長はおちつかないようすで、濃い赤のコンビネーションの襟をいじった。

「なにを感じるんです、タウレク？」と、鋭い声で訊く。

タウレクの顔をやさしく親切そうに見せるあのほほえみが、また浮かんだ。

「なにも」と、答えた。「なにも感じない。それが呪いの劫罰さ」

ヴラットが咳ばらいした。

「それはおかしい」と、反論した。「なにも感じないのなら、感情は意味がなくなる。苦しみようがないではありませんか？」

「まさに」タウレクはつぶやくと、背を向けた。これ以上話すつもりはないらしい。

「データを転送します」見えないところにあるスピーカーから声が響き、ローダンの注意は〝ひとつ目〟の最後の発言からそれた。

スクリーンに集中した。図版、異なる色を使ったプロジェクション、一連の文字や数字が光っている。

《サンダーワード》は光速の六十パーセントたらずの通常航行で、ある四恒星系へ接近していた。ショヴクロドンのアルマダ牽引機が、庇護をもとめてそこへ向かっている。

中心になる天体はスペクトル型M2＝Iaの赤色巨星で、直径は九億六千万キロメートルあるが、直径一万六千キロメートルもない白色矮星と共通の重心で動いている。両恒星の中心間距離は五億五百万キロメートル。赤色超巨星の半径がすでに四億八千万キロメートルに達することから、白色矮星は、真っ赤な巨大恒星の表面から二千五百万キロメートルの距離にある。

三つめの恒星は太陽に似たG1＝V型で、六・三光月はなれて同じ重心を水平にめぐる。それに対し、八光月はなれて〝垂直に〟めぐるのが、オレンジ色のK0＝V型恒星である。

異質な星系だ……と、ローダンはひとりごちた。だが、自然のショーにすこしばかり感心したにすぎない。長い人生において、奇妙な星座に出くわしたことは数知れないから。

思ったとおり、四恒星はかなりの数の惑星を持つ。

赤色巨星と白色矮星の連星系は十八個、太陽に似た恒星は七個、K0＝V型は二個だ。

アタノス・ヴラットがローダンの横に立ち、ぼそりとつぶやいた。

「著しいエネルギー放射が見られます。とくに連星の宙域に」

実尺どおりでない四恒星系のモンタージュ映像がうつるモニターに高度な計算結果が表示されると、艦長は目を細めて読みとった。

「わたしは呪われてもいい！」ヴラットが驚きの声をあげた。「ここの連中、われわれの太陽系とほぼ同じ量のエネルギーを生産している！」

遠慮のないコメントをおもしろがりながらも、ローダンは考えた。M－82ではじめて高度に発達した文明に出会ったことになる。

「エネルギー産出量によると」と、ヴラットはローダンの考えを読みとったかのように淡々と話した。「われわれがここで相手にするのは、技術的・学問的にテラ・レベルの文明です。呪われたアルマダ工兵がなぜこの星系へ向かっているのか、とにかく知りたいものです」

そういってローダンを見てたずねた。

「ここの未知者は無限アルマダに属すると思いますか？」

宇宙ハンザの首席スポークスマンが首を振って否定した。

「ありえない。アルマダ中枢もわれわれ同様、フロストルービンへの突入がどうなるかも、M－82の状況についても、なにも知らなかった。わたしは違う推測……というより、危惧をいだいている」
「セト＝アポフィスね」と、ゲシール。
いつのまにかローダンの隣りにいて、目を光らせている。かつて彼女の目に宿ってい
た黒い炎を思いだして、ローダンは一瞬、寒気がした。ゲシールが説明のつかない変化
を遂げる前、彼女を見る者の意識に燃えあがった、あの炎。
彼女の変化はなぜだ？　もう何度めになるかわからないが、ペリー・ローダンは疑問
に思った。ゲシールとは実際、何者なのだ？
ゲシールは自分が何者かわからないと答え、ローダンはそれを信じてきた。それでも
ときおり浮かぶ疑問がかれを苦しめる。
いらだちをおぼえたローダンは、しばし目をつぶった。
「きみのいうとおりだ」と、ローダン。「この銀河をセト＝アポフィスの勢力範囲の中
心だと仮定すれば、現存する文明がすべてネガティヴ超越知性体の従者であることは確
実だ」
「用心しないと！」アタノス・ヴラットがいわずもがなの意見を述べた。「わたしは呪
われても……」
「今回はやめておけ」タウレクがさえぎった。コスモクラートの使者もこのちいさな集
団にくわわっている。

ヴラットが軽く咳をした。

《サンダーワード》の高性能探知機が、さらなるデータを送ってきた。

四恒星系の惑星間空間にあるリフレックス・エコーだ。その一部は宇宙船で、数千におよぶ。さまざまな速度で動いていた。そのほか、動きのない質量集積もあった。おそらく惑星内の基地だろう。

あるいは、防衛ステーションか。

データが集まるにつれ、技術的に高度に発達した複雑な文明であることがしだいに明らかになった。

記録されたエネルギー産出量……これは技術的・学問的な発達段階の尺度になる……だけでも、こちらはひかえめな態度をとるのが望ましいといえる。

《サンダーワード》は強力な高速艦ではあるが、いま対峙《たいじ》しているのはまちがいなく巨大艦隊だ。そのうえ、相手は十中八九、セト＝アポフィスの補助種族なのだから。

「どうするんですか？」アタノス・ヴラットがたずねた。

「われわれ、いまの速度とコースをたもつ」と、ローダンがいい、すこし考えてつづけた。「データを集めてくれ。敵対的と解釈されうる行動はすべてつつしむように。異星社会学者と言語学者は、未知者の言語分析が終わりしだい、平和的意図できたことを伝えるメッセージをまとめてもらいたい」

「換言すると……遅かれ早かれ、この星系に入るのですね」と、艦長がいった。

ローダンがしかたないといいたげに、

「ショヴクロドンを捕らえて、いまもかれが持つ細胞組織を処分するには、ほかに方法がない」

「あの呪われたアルマダ工兵は、われわれより有利な立場です」艦長が反論した。「ブラックホールのみぞ知る。われわれがこの種族の上層部とコンタクトするより先に、ショヴクロドンがすでにこちらのことを、未知者にあれこれ告げ口するかもしれません」

「そのリスクは引き受けるしかあるまい。それとも、ほかになにか提案があるか？」と、ローダン。

ヴラットが吠えるような笑い声をあげた。

「クリフトン・キャラモンの言葉を信じるなら」と、つぶやいた。「古きよき時代、太陽系艦隊の鋼のごとく屈強な乗員たちは、斧やブラスターを持って敵部隊のなかへ進攻したとか。よどみなくスローガンを口にして困難を解決するや、将校食堂に退却し、伝統的な酒盛りをしたそうです。いつの時代も通用する手法だ。われわれ、なぜ祖先を手本にしないいんですかね？」

ローダンは定義しがたい表情でヴラットを見やる。

「なぜなら」と、答えた。「この艦内ではアルコールが禁止だからだ」

艦長はぐっと言葉をのみこみ、
「なるほど、わかりました」と、いう。
だがローダンは、本当にわかったか疑わしいと思った。

5

未知宇宙船の通信は強力で、ほかのすべての通信シグナルにまさっていた。通常周波のすべてで、声が響きわたる。ヴルッグ軌道ステーションの司令本部でメッセージを聞いたソールドックたちは、驚愕と混乱と畏敬の念で硬直した。

「聞くがいい、ソールドック種族……唯一の神の奉仕者たちよ！　沈黙は終わる。使者の到着で活気がもどり、恐怖は薄れ、古い世界はあらたな輝きに照らされる。恐れるな！　セト＝アポフィスは忠実なしもべを忘れていない。使者を通じて話しかける。その言葉を聞き、使者を迎え入れよ！」

宇宙船や宇宙プラットフォームに向け、メッセージは何度もくりかえして送信された。

〝聞くがいい、ソールドック種族……〟

軌道ステーションの司令本部に歓声がとどろいた。この数週間の耐えがたい緊張がいっきに解け、集団の絶叫になったのだ。興奮のため、かれらのゼリー器官は白、黄土色、オレンジ色に輝いた。男も女も、宇宙マスターも士官候補生も、入り乱れて叫び声をあげ、抱き合い、コンソールの前を細い角質の脚で踊りまわった。

セト＝アポフィスはソールドックを忘れていなかった！

使者の声を通じて、選ばれし種族に語りかけてきたのだ。温かいその声が、ソールドックたちの魂に巣食ったむなしい空隙《くうげき》を満たしてくれた。

カーゼル・ブーンは麻痺したようにホロ・プロジェクションの前に立っている。

直径十メートルある、ヴルッグ上空の宇宙空間の三次元描写が、たがいに入り組んだ十階層の司令本部の中央に浮かんでいた。

黄色い点は、防壁のようにヴルッグの前面に配置された多目的グライダーの部隊をあらわす。幾重にも楔《くさび》型編隊を組み、四恒星帝国の主要惑星を惑星間宇宙から守っている。

サギロン超光速エンジンを搭載したほぼ千機が、大あわてで集結していた。

ヴルッグのモンタージュ映像のすぐ上に……実際には二百万キロメートル以上はなれているが……赤い点が光る。

宇宙プラットフォームだ。鋼製の巨大な設備で、厚さ五百メートル、縦横の幅は五千メートルある。規則的に脈動する光点が、プラスディクシド・フィールドの活性化をあらわす。

「これは罠だ」と、カーゼル・ブーン。

その声は喧噪《けんそう》にかき消された。

「セト＝アポフィスはわれわれを忘れていなかった！」と、軌道主任がホロ・プロジェクションの隣りにあるガラス張りのひな壇から、ブーンにどなった。「戦いは終わりだ、カーゼル！　セト＝アポフィスがふたたびわれわれに語りはじめた！」

ブーンは角質の手についた外側の指をベルトにかけて、

「導師は語っていない」と、ちいさな声で返事をした。「語っているのは使者だ。本当にセト＝アポフィスの使者かどうか、どうたしかめろというのか」

しかし、かれのなかにも希望がわいてきた。

もしかしたら、そうかもしれない。セト＝アポフィスがこのような方法で沈黙を破ったのかもしれない。

本当であってほしい。ブーンは必死にそう願った。内戦のこと、種族の心のなかにぽっかりあいた穴のことを考える。もしもセト＝アポフィスが種族を本当に忘れてしまったら、未来は暗く、死が待つだけだ。

ゆっくりとからだを横に向け、テーベル・ラヴァレステとウールン・スプリンクロンのほか、この数時間に続々と軌道ステーションに到着した宇宙マスター十二名のほうをじっと見た。

二、三名が矛盾した感情の襲撃におののいているが、のこりの者は狂喜している。

ラヴァレステがブーンの視線に気づいて、

「きみは信じていないな」と、グレイの羽毛のソールドックにいった。「疑っている」

「ああ、疑っている」カーゼル・ブーンが認めた。「なぜかはわからない。われわれはみな、待ちつづけ、焦《こ》がれつづけた。そしていま、使者がやってきた……いや、使者を名乗る存在が」

スプリンクロンは困惑したように三本指の手をあげ、

「しかし、なぜこの存在が嘘をつく必要がある？　なんの得があるというのだ？」

ブーンは辛辣な響きの割れ声を出した。

「それが実証されるのはこれからだ」と、いった。「この存在がヴルッグに着陸し、政府関係者に会えば、いうべきことをいうだろう。そのときにわかる」

ラヴァレステは驚愕して、

「きみは、あの……化け物めいた宇宙船を……ヴルッグに着陸させるつもりなのか？」と、信じられないようすだ。「相手を詐欺師だと疑っているのに？」

「詐欺師だとはいっていない」ブーンが不機嫌に否定した。「それもありうる、というだけだ。ようすを見なければならない。ソールドックの幸運のため、着陸は許可すべきだろう」

かれは周囲を力づけるような身振りをした。

「この使者がほんものか否かに関係なく、着陸させれば戦いは終わる。殺し合いはやめさせなければならない。それが最重要課題だ。そのあとは……またそのときのこと」

「筋は通っている」スプリンクロンが賛成した。「だがそれにしても、われわれ、まず政府と連絡をとらなければ」

ブーンが背を向けて、通信コンソールに向かって歩きだした。男助言者クウォンが疲れたように、ちいさく跳ねてついていく。

「外からくるのは未知の者です」と、歯擦音をたてた。「外見と言葉でだますことができます。判断を可能にするのは経験のみ」

「賢いおしゃべりだ、灰色頭」カーゼル・ブーンは一連のコード番号をすばやく端末に打ちこみながら、男助言者に応じた。「しかし、判断はいつも遅れてやってくる」

コンソールに水平にとりつけられたスクリーンに色があらわれては消える。

「使者のことをどう思う、クウォン？」

男助言者は跳躍尾でバランスをとり、考え深げにからだを揺らした。

「かれは戦いを終わらせました」と、答えた。「その理由から、敬意をもって迎えていいでしょう」

男助言者のいうとおりだ、と、ブーンは考えた。だが、もしも期待に反してむなしさがのこり、怒りと恐れがソールドックをふたたび半狂乱の殺傷に駆りたてたら……そのときはどうする？

ソールドックの女が一名、スクリーンにあらわれた。ゼリー器官は黄色、短い羽毛は赤と青の縞《しま》模様だ。らせん状の角質からなる前腕はつやつやと輝き、指は細くとがっている。ぶあつい角質でできた十字線は、マルチ感覚器官を魅惑的で優美に見せていた。

「ジャシツィル！」宇宙マスターはほっとして思わず声をあげた。「やっとか！　われわれ、この数時間、政府庁舎と連絡がつかなかった！」

七棟ピラミッドの通信センターを統率するオペレーターは、メロディ豊かなさえずり音を出した。

ジャシツィルとカーゼル・ブーンは、担当官ドゥールルン・ハーベロンの宣誓式のさいに知り合ったのだ。たがいに尊敬と好意をいだき、友となった。

「神政主義者が通信センターを強い妨害インパルスでブロックしたの」女オペレーターが急いで説明した。「セト＝アポフィスの加護により、ジェイズの状況はある程度、通常になった。使者到着のニュースはたちまちひろまって、神政主義者たちは疑似軍隊の一群を引き連れ、近くの湖沼の島々に引きあげたわ」

ジャシツィルはすこしためらってから、つづけた。

「カーゼル、正直に答えて。本当にセト＝アポフィスの使者なのかしら？　沈黙の時は終わったの？　偉大な導師が、選ばれし種族を思いだしてくれたの？」

宇宙マスターは黙った。

ジャシツィルのマルチ感覚器官が痛みと希望に輝いている。ブーンは動揺した。自分もわからないというのに、なぜ正直に答えられるだろう？

「そう望んでいる」と、答えた。「心の底からそう願う。われわれ、辛抱しなければならない、ジャシツィル。政府に通信をつないでくれ。できればドゥールン・ハーベロンに。使者をどうあつかうか、艦隊に正確な指示を……」

「ドゥールン・ハーベロンですって？」女オペレーターがさえぎった。その声は不安に震えている。「宇宙航行関連担当官はもう政府庁舎にはいないわ。とっくに軌道ステーションにいるはずよ。七棟ピラミッド周辺で戦いがはじまった直後に、グライダーで宇宙港へ……」

彼女が黙った。宇宙マスターは女ソールドックがなにを考えているのか、わかった。「早計に結論を出さないことだ」と、忠告する。「ハーベロンの行方がわからないからといって、まだなにも決まったわけじゃない。かれは若いし、粘り強い。荒れ狂った神政主義者が数名でかかっても、かれを困難な目にあわせることはできん。ぜんぶ解決する。心配するな、ジャシツィル」

だが、その言葉は自分でもうつろで、無理に楽観しているように響いた。垂直についたブーンの折りたたみ口が、当惑して震える。

「もちろんよ」女オペレーターは自制した。「あなたのいうとおり。わたしたち、待つしかない。いまからセト＝アポフィス関連担当官のプリナー・ドルグにつなぐわ」

ジャシツィルの顔が色の渦に消えた。

マルシェン！　宇宙マスターは心のなかで悪態をついた。ドゥールン・ハーベロンになにか起きたのだ。神政主義者に捕らえられたのかもしれない。なんでも起こりうる。ジャシツィルが気の毒になった。ハーベロンと若い女オペレーターはつい最近までいっしょに暮らしていたが、関係を解消したのだ。理由は知らない。もっとも、ジャシツィルの反応を見ると、ハーベロンにまだ恋愛感情があるようだ。

プリナー・ドルグがモニターにあらわれた。ブーンはジャシツィルとハーベロンのことを頭から追いやった。

「どんなことがあっても、使者を攻撃してはならない」挨拶もなしに、セト＝アポフィス関連担当官が述べた。「使者の宇宙船にジェイズへの着陸許可をあたえ、随行員の手配をしてほしい、宇宙マスター。政府はあなたにまかせる」

ドルグの背後に褐色のどっしりした頭が見えた。感覚突起が震えている。担当官の男助言者だ。

「了解」ブーンが簡潔に応じた。「つまり政府は、使者がほんものだと確信したのだな？」

担当官のゼリー器官が白くなった。

「そのような疑いを言葉にするつもりか？」と、ドルグが興奮してどなった。

「セト＝アポフィスの使者なのだぞ。われわれの神にして導師の。あなたの発言は神への冒瀆に値いする、カーゼル・ブーン！」

宇宙マスターは脅しには乗らなかった。

「わたしはヴルッグ宙域の防衛に責任があるのだ、担当官」と、事務的に答える。「今回の通信をふくめて、この使者の身元の決定的な証拠はないのだから、わたしの疑いは正当だと考える」

担当官はふたたびおちつきをとりもどしていた。

「そのとおりだ、宇宙マスター」と、口がうまい。「あなたは義務をはたそうとしただけで、褒《ほ》めるべきこと。冒瀆者呼ばわりして申しわけない」と、折りたたみ口をほんのすこし開けた。侮辱の言葉をはなつほど大きく開けてはいない。だが、その謝罪が形式的なことはよくわかる。ドルグがつづけた。「それでも、使者の身元には疑う余地がまったくない。まもなく政府は見解を発表する。この事前情報は法的拘束力を持つと思ってほしい、宇宙マスター」

「承知した、担当官」

プリナー・ドルグは通信を終えた。

「神にして導師！」ブーンの頭のすぐそばで、男助言者クウォンの歯擦音が聞こえた。

「告白文と同様、言葉も内心を暴露します、カーゼル・ブーン」

意味がわからず、宇宙マスターは一瞬、バーノンを見つめた。やがて、クウォンがなにをいわんとしたか、理解する。

政府の公式用語では、セト＝アポフィスは〝導師〟とだけ呼ばれている。それに反してドルグは、神政主義者の用語を使用した。

だが、それだけでドルグが神官たちに好感をいだいているとか、かれらに協力している証拠になるだろうか？

ブーンは不安になった。大いなる知覚に言及しなかった自分の本能に感謝した。

「どうだ？」と、ラヴァレステの鋭い声が背後から聞こえた。「七棟ピラミッドから連絡はあったか？」

ブーンは振り向いて、その場にやってきたラヴァレステとスプリンクロンに、セト＝アポフィス関連担当官との会話を伝えた。

「というわけで、われわれ、責任から解放された」と、グレイの羽毛の年老いた宇宙マスターが話を終えた。「すくなくとも使者に関しては。だが、ドゥールン・ハーベロンは行方不明だそうだ。あるいは死んだのかもしれない。最新の状況では、かれがわれわれ宇宙マスターに大いなる知覚の作動を要求するつもりだということだった。この決断が変更されたとほのめかすものは、なにもない。ドルグも計画をとりけすとはいわなかった」

ウールン・スプリンクロンが非難のがあがあ声をあげた。

「とんでもない解釈だ。ドルグは計画に言及さえしなかった。使者の身元がたしかだと政府が認めたいま、マルシェンに着陸するような危険を、われわれがおかす理由はない」

「きみがどう考えようと、どうでもいい」ブーンがつぶやいた。「わたしはマルシェンへ飛ぶ。未知者が本当にセト＝アポフィスの使者かどうかは関係ない。ソールドックは導師の声をふたたび直接、聞かなければならないのだ。過去にそうしたように。仲介者は一時的な解決にしかならない」

スプリンクロンは一瞬ためらった。

「カーゼル、きみは間違いをおかそうとしている」と、説明した。「状況は完全に変わったのだ。この状況下で政府からの直接の指示なしに、大いなる知覚を作動させるような重大な決断をすれば、それは宇宙マスターの終焉を意味しうる」

「作動させるとはいってない」グレイの羽毛をした宇宙マスターが反論した。「マルシェンへ飛ぶといっただけだ。必要ならば標識灯をわが手で修復し、政府から指示がありしだい、〝宇宙の拍動〟が打ちはじめるようにする」

ラヴァレステのゼリー器官が深い満足から黄色になった。

「いい妥協策に思える」と、グリーンの羽根のソールドックは賛意をしめした。「われらがよき友カーゼル同様、わたしも、この使者とやらを政府は信用しすぎているという意見だ。プリナー・ドルグはもともと半分、坊主だからな。信用できない。とまれ、わたしは四恒星帝国の幹部宇宙マスターとして、カーゼル・ブーンを完全に支持すると約束する」

「そんな大げさに話すな、坊や」感動をかくしきれずにブーンがいった。「ただ〝わかった〟といってくれれば充分だ」

ブーンの男助言者クウォンがしゅうしゅう話しはじめた。

「宇宙マスターたちよ、マルシェンの洞穴や地面の割れ目に棲むバーノンと女助言者チェルシーのことを考えなさい」と、警告を発する。「有害な大気、地面からの毒、危険なクレーターや放射能、不気味な生物の巣食う廃墟のことを考えなさい。そこで出会う狂気や、あなたがたをつけまわす死についても……」

宇宙マスター三名は、おちつかないようすでたがいを見た。

「そのことについては、あとで話し合おう」カーゼル・ブーンがそういった。「わたしがいま考えているのはべつのことだ。マルシェンの恐怖とは、すぐに対峙するはめになるだろう」

ブーンは急ぎ立ちさった。

軌道ステーションの大規模な司令本部にふたたび秩序がもどってきた。大勢のオペレーター、軌道主任、宇宙マスターたちが、コンピュータや制御コンソール、通信装置や遠隔操作装置などの前にすわっている。

円形ひな壇……赤道環に似たリング状の隆起が十階層、反重力技術でたがいに接続されている……にも、忙しいルーチンワークと機能的な乱雑さからなる、いつもの雰囲気がもどっていた。

軌道主任は高くなったガラス張りの席にすわり、ステーションのセンサーと多目的グライダーを使って未知宇宙船のコースを監視している。

カーゼル・ブーンは異世界の飛行物体を見て驚愕した。実尺を縮小した映像が制御モニターにうつしだされる。

ソールドックの多目的グライダーは空気力学にもとづいてスリムだが、この宇宙船は不格好だった。とほうもないサイズの角張った黒い箱で、機首にちっぽけな疣《いぼ》のようなドームが突きでている。

ブーンは思わず自問した。この巨大な怪物はどうやって惑星に着地するのか？

この寸法と不格好さでは、ヴルッグの大気圏にはげしい乱気流が生じるはず。

もしかしたら、惑星用フェリーを搭載しているのかもしれない。軌道上の母船と惑星上の基地を往復する連絡機だ。

いまにわかるだろう。

多目的グライダーが周囲を飛びまわり、梯形《ていけい》の護衛隊を組んでいるが、使者の宇宙船にはじゃまにならないようだ。

いまもなお、全周波でメッセージが流されている。

〝聞くがいい、ソールドック種族……〟

突然、カーゼル・ブーンは背を向けた。

ここでの作業は終わった。使者のことは政府がどうにかするだろう。とてつもない箱が軌道に乗るか、着陸するかすれば、宇宙マスターの役目はすんだことになる。

べつの義務が呼んでいる。

オレンジ色の恒星グドゥールファグの第二惑星、マルシェンのことを考えた。軌道ステーション司令本部は快適な暖かさだというのに、寒気がした。

マルシェンはだれもが行きたくなるところではない。呪われた場所、永劫の罰を受けた者が行く場所だ。設計ミスや故障が生じた男女助言者の終着駅であり、終わりなき戦いによって汚染された世界……そして、別名〝大いなる知覚〟と呼ばれる宇宙の標識灯、〝アラトゥル〟のある場所だ。

「どこへ行く?」と、テーベル・ラヴァレステ。ブーンのゼリー器官に決意のきらめきを正確に見てとったのだ。

「宇宙プラットフォーム・クルボシュ＝七四へ」と、カーゼル・ブーン。「《ジューリグ》のオーヴァホールがもう終わっているはずだ。マルシェン行きの準備をすべて終えておきたい。あすのいまごろ、出発する」

ラヴァレステが自分の硬いグリーンの羽毛をなでた。

「わたしも行く、カーゼル」と、断言した。「きみひとりがおぞましいマルシェンで危険をおかすのは適切ではない。助けが必要になる」

「マルシェンではなにも助けにならない」年老いた宇宙マスターが暗くつぶやいた。

「それがまさに、わたしの力強さと鋭い知性をきみに提供する理由だ」ラヴァレステが満足げに、があがあ声をあげた。「数百年ぶりの大いなる知覚の再活性化だぞ。その栄誉をきみにひとり占めさせると思うのか？」

「テーベルのいうとおりだ」と、三名のなかでもっとも若いウールルン・スプリンクロンが加勢した。「きみにはどんな助けも必要になる。わたしは軌道ステーションにとどまって、ここを守る。担当官たちになにか訊かれたときは、適当な言い訳を思いつくさ。問題が生じたら知らせてくれ。わたしの《カールツ》は少々古びたが、数時間できみたちをどんな罠からも救いだす」

ブーンが同意した。

「使者から目をはなすな」ブーンの別れの助言だ。「この意見を変えることはできない。

今回のことは、どうにも臭いのだ。まるで……まるで……」

適切な比喩を探した。

「薬味入り粥が腐ったときのように」ラヴァレステが口をはさんだ。

「まさにそれだ！」ブーンが背筋を伸ばした。

宇宙マスター二名は軌道ステーション司令本部を出ると、多目的グライダーの格納庫へ向かった。男助言者たちがあとを追う。

6

ドゥールン・ハーベロンにとって、世界は黒とグレイだけになった。埃が気道をふさぎ、しきりに咳が出る。埃は折りたたみ口の粘膜にもこびりつき、ゼリー器官は火がついたようにひりひりした。

荒涼とした土地だ。

木もない、草もない。昔の戦いで焼きつくされた荒れ地には、雑草ひとつ生えることができない。

荒れはてた不毛の大地が四方八方にひろがっていた。グレイがかったグリーンの黴が水泡になって沼にわきでている。腐ったような汚れたグリーンで、周辺の濃いグレイを和らげる色ではない。

深い地面の亀裂が二本、不毛の土地に平行にはしる。その底は暗く、かつて滑らかだったはずの壁は剝がれ落ち、えぐられ、陥没している。

おそらく強力なエネルギー・ビームが、この溝を地面にうがったのだろう。祖先たちはたがいに対して、兵器庫の大量殺戮兵器をひるまずに使用した。セト＝アポフィスがあらわれる前のことだ。

ハーベロンはよろめきながら進んだ。

赤い恒星クルボシュはまだ空高くにあった。血のように赤い巨大な円板がグレイのすこし曇った空に浮かぶ。その右には、硬貨大の白いしみが潰瘍のように張りついていた……クルボシュと共通の重心で動く白色矮星ハグナンである。

ハグナンは四百九十七日かけてクルボシュを公転するため、つねに同じ場所にとどまっているように見える。

担当官はうめき声をあげた。

なぜそんなつまらないことを考えているのか、と、自問する。追跡者に追いつめられ、非常ゾーンの毒がすでにからだに入ったというのに。

関節が痛む。

一歩一歩が責め苦だった。

射出コクピットによる遠心力を受けたせいか、それとも、放射性疾患がからだを急激にむしばんでいるしるしか。

たぶん両方だ。

ハーベロンにはわからなかった。

だが、それはもう重要ではない。重要なのは、自分が死ぬということ。だんだんと、ゆっくり冷酷に命が消えていく。

まず最初に魂が死んだのだ、と、担当官は考えた。セト＝アポフィスがメッセージを送るのをやめ、ソールドックを孤独のなかに置いたとき、わたしの魂は死んだ。次に、いまは肉体が死の恐ろしいプロセスを終わりまでたどっている。

まだ息をしている。からだが動く。聞こえる。見える。味わえるし、においもする。それでも、死んでいるに等しい。足の下の埃と同様、わたしは死んでいる。

埃とは……

黒い粉である。ハーベロンのまわりに浮かび、無形の影のようについてまわる。非常ゾーンの放射能と細菌に汚染された汚物のなかで、かれのからだが硬直するとき、ようやくこの黒い粉も動かなくなるのだろう。

担当官のなかに怒りがわきおこる。それが一時的に痛みを和らげ、あらたな力をあたえた。

まだそこまでいっていない！

「まだ生きている！　まだ息をしてるんだ！」と、声をあげた。

「がっかりさせたくありませんが」と、いままで根気強く跳ねながらついてきたツワトロがいった。「〝まだ〟という言葉が強調されることを忘れてはいけません。自分の羽根を見てみなさい、ドゥールン・ハーベロン」

ハーベロンはよろめきながら立ちどまり、左手をゼリー器官の前にあげてみた。

男助言者のいうとおりだった。左腕の羽毛はくすみ、ぼろぼろだ。一部分は抜け落ち、青ざめた皮膚がかすかに輝いている。血色の悪い組織の数ヵ所は、赤く腫れていた。

放射性疾患が細胞を壊しているのだ。

「羽根をむしりとられたみたいに見えます、ドゥールン・ハーベロン」男助言者は平然と断言した。

担当官はぎらぎらと怒った目でバーノンを見た。

怒りが増す。武器を持っていたら、ツワトロを放射分解していただろう。

この野郎！　思いやりのないやつだ！

「マルシェンへ行っちまえ！」と、悪態をついた。「失せろ、魂のない怪物！　わたしがおまえの頭を撃ち抜く前に消えろ！」

男助言者はひと跳びし、充分な距離をおくと、ハーベロンを感覚突起でじっくり見やった。

「あなたは死ぬのですか？」と、たずねた。今回は歯擦音にあわれみの響きがあった。

ハーベロンは吐き気を感じて苦しくなる。折りたたみ口を痙攣《けいれん》させ、嘔吐する。

麻痺した意識の一部が、コンピュータのように冷静に状況を確認した。

四肢の痛み、羽毛の脱落、赤く腫れた皮膚、吐き気……進行する放射性疾患の兆候だ。「そうだ」弱々しく答え、力なく埃のなかに倒れた。「わたしは死ぬ、ツワトロ。いま、ここで死ぬ」

男助言者は埃で黒くなった跳躍尾でからだを支えていた。舞いあがった煤がゆっくり落ちてくる。風はない。ハーベロンの苦しい息のほか、なにも聞こえなかった。

「死ぬのはどんな感じです？」男助言者がしゅうしゅう声を出した。「助言者がスイッチを切られるときと同じですか？　ソールドックにとり、死はどのようなものなのでしょう、ドゥールン・ハーベロン？」

ハーベロンは暑さをおぼえた。

赤色巨星と白色矮星のせいだけではない。熱はかれのなかから、崩壊する身体組織からきている。

倒れたまま休んだのがよかったのか、全身の痛みと吐き気はなくなった。のこったのはずっしりした疲労感だけだ。

「死は」ちいさな声でドゥールン・ハーベロンは話しはじめた。「おまえたち助言者には関係ない。おまえたちは生きていないから、死ぬこともない。アンドロイドだからな。アンドロイドは死を超越する。だがソールドックにとり、死はつねに身の内にあるもの。卵から孵化した瞬間から最後まで、死はついてまわる。そして、時がきたら知らせてくるのだ、ツワトロ」

息をするのがどんどん苦しくなる。

明瞭に発音するのに苦労した。だが理由はわからないものの、男助言者に話すことが重要だと感じた。

「死がどうやってくるのか、話してやろう」ハーベロンは大儀そうにつづけた。「まず、呼びかけてくる。声なき声で。だが、その呼びかけは無視できないほど大きい。死のほうを向かないとならない。死は自分の内部にいる。だから自分の内へと向くのだ。どうやるかはむずかしいことじゃない。死の呼び声を聞いた者なら、だれでもできる。

目を内へ向けると、見えなくなる。耳を内へ向けると、聞こえなくなる。死を味わい、死のにおいを嗅ぐのだ。その味もにおいもあまりに圧倒的で、ほかのものすべてが薄れる。そして最後に、感じるのだ。全身で、全繊維で、全神経で死を感じ、死とひとつになる。そのとき、生きるのをやめる。

それがソールドックの死だ、ツワトロ。それが死だ、わかるか？」

男助言者はなにもいわなかった。

跳躍尾の上でゆらゆらと揺れている。黄色と茶の蛇に似た姿が、グレイの空の下、黒い荒れ地の上にいる。

古びた写真が色あせていくように、ハーベロンのマルチ感覚器官から男助言者が消えた。全身が熱くなる。とはいえ、もう不快ではない。

熱はやわらかなベッドのように心地よい。そこに身を横たえ、眠りたくなる。深く長く、眠りたいだけ眠れそうだ。

永遠に……

「ドゥールン！」心地よく混濁していたドゥールン・ハーベロンの意識を、叫び声が引き裂いた。「ドゥールン・ハーベロン！　起きるのです！　すぐに！」

だれだ？　ハーベロンは困惑した。だれがわたしを呼んでいるんだ？

かれはジャシツィルのことを考えた。カラフルで輝く羽毛をした、すばらしくやさしい女性。だが、彼女の声はメロディ豊かなさえずりだ。この声はしゅうしゅうと割れている。

「起きなさい！」半睡状態に金切り声が響きわたる。「敵がくる！　殺されます！　逃げるのです、ドゥールン・ハーベロン！」

ハーベロンの濁った視界が明瞭になった。

宇宙空間そのもののように不毛な荒れ地が見える。空では赤いクルボシュが地平線に沈みかけ……

沈みかけ……？

「眠っていた」担当官は混乱してつぶやいた。「何時間も寝ていた。クルボシュが沈み、夜がくる。夜は冷える。とくにここ非常ゾーンには、放射能の埃とウィルスまみれの砂しかかぶるものがないからな」

「敵がきます！」ツワトロが声をあげた。

男助言者がハーベロンの前をはげしく跳ねまわっている。巨大な頭部を揺らし、感覚突起は震え、けたたましい急迫した叫び声をあげながら。

ハーベロンにはツワトロのふるまいがばかげて見えた。孵化した初日に子供たちに贈るバーノン人形やチェルシー人形のようだ。人形はおかしな道化《どうけ》芝居を演じて跳ねまわり、楽しいお話をする。子供にこれをあたえることで、早いうちから助言者に慣れさせるのだ。

どうしたんだ？　と、ハーベロンはいらだった。おかしくなった男助言者はマルシェン行きだ。

マルシェン……

その名はなにかを思いださせた。使命。上空の軌道で自分を待つ宇宙マスターたち。大いなる知覚を作動させるという、大胆ですてばちな計画……

ハーベロンは覚醒した。

ようやく意識がはっきりし、鋭く分析的な思考がもどってきた。

〝敵がきます〟というツワトロの言葉が頭にこだまする。

神政主義者！　追跡者たちだ！

立ちあがろうとしたが、あまりにも弱っている。すこしの動きが猛烈な痛みのうねりを引き起こし、ふたたび吐き気に襲われた。

痛みにうめきながら、上半身だけ振り向く。

そして、見た。

巨人めいた存在が四つ、黒い埃のなかをぎこちなく歩き、まっすぐにこちらをめざしている。鋼製の体表が、クルボシュの赤い光を受けて輝く。

非常ゾーン巡回者だ。

体高十メートルのロボットである。弾力性のある水圧式疑似脚二本のあいだにシリンダー状の運動機関があり、てっぺんには前方が装甲ガラス張りになった箱形キャビンがついていた。そのなかに、ソールドック一名ぶんの場所がある。

非常ゾーン巡回者は迷うことなく突進してきた。

一歩を出すごとに六メートル進む。そのキャビンにすわれば、放射能、ウィルス、致死的化学物質から守られるのだ。

ハーベロンは震えあがった。

死ぬことはわかっている。放射能が体内で暴《あば》れまわり、医療の助けなしには、数日どころか数時間の命だろう。

だが、突然その数時間の命が……たとえ苦しみを意味するとしても……このうえなく貴重なものに思えた。

逃げよう。

かれは試みた。

力を振りしぼって立ちあがろうとする。だが、脚は折れ曲がり、腕もいうことをきかない。泣きながら、乾いた埃のなかにくずおれた。

ツワトロが必死でしゅうしゅう声を出す。

非常ゾーン巡回者の力強い足運びに地面がとどろきはじめた。ハーベロンの傷を負ったからだには、わずかな振動もそのまま痛みとなる。だが、かれにはもう叫び声をあげる力さえのこっていなかった。

あきらめに襲われる。

無感情のまま仰向けになり、感覚の鈍ったゼリー器官を接近中の非常ゾーン巡回者へ向けた。装甲ガラスにおおわれたキャビンのなかに神政主義者の赤いローブが見えたときも驚かなかった。

一体めの非常ゾーン巡回者がハーベロンのもとにくる。ツワトロはためらいながら跳ね去っていった。

どんなふうに殺されるのだろう？　疲れきったまま、ハーベロンは思った。エネルギ

—銃か？　あるいは、この機械の足で踏まれるのか？

最初の非常ゾーン巡回者の把握アームが伸びてきた。

鋼製の手が担当官を慎重につつみ、持ちあげる。

ハーベロンは混乱した。

神政主義者はわたしをどうするつもりだ？

二体めの非常ゾーン巡回者の装甲ガラスの前で、把握アームがとまった。奇妙なことに、そのなかは空《から》だった。ガラスが横に滑るように動き、隙間が開く。把握アームがハーベロンをだれもいないキャビンのなかに押しこむには充分な幅だ。

鋼製の手はハーベロンをサーボ・シートのクッションの上にそっと置くと、引っこんだ。

熱くなっていたハーベロンのゼリー器官に冷たい空気が当たる。きれいで新鮮な空気。乾いて汚れた非常ゾーンのそれとは大違いだ。

助かった！　ハーベロンはそう思い、驚いた。神政主義者に救われたのだ。

なにか起きたにちがいない。

あらたな痛みがすり傷だらけのからだをはしる。やがて、ありがたいことに意識を失い、苦しみから解放された。

ドゥールン・ハーベロンがふたたび目をさますと、痛みは消えていた。疲れきってはいたが、死のけだるさではない。治癒過程にはつきものの、四肢の心地いい重みのせいだ。

からだの構造に合わせてつくられたバスタブのなかに寝かされていた。粘性の強い白い再生プラズマがバスタブの半分まで入っている。プラズマが非常ゾーンの毒や放射能を、からだから洗い流すのがわかるようだ。

頭の側には医療装置一式があり、作動音が聞こえる。電極のついた金色の導線が装置から伸びてかれの頭にとりつけられ、白いプラズマ液のなかにさしこまれていた。

頭上には治療ランプがある。ここから出るマイクロ波が直接、細胞の複雑な組織に作用することにより、この〝極小生体工場〟で抗体がつくられるのだ。非常ゾーンの放射能はハーベロンの体内組織を癌化しやすい性質に変えてしまった。そこから悪性腫瘍《しゅよう》が生じるのを、治療ランプは防いでくれる。

「目をさました！」しゅうしゅう声がした。「見てください、ドゥールン・ハーベロンが目ざめました！」

ツワトロ！　担当官はありがたく思った。バーノンもここにいる！　非常ゾーンにとりのこされなかった！

男助言者のいびつな褐色の頭が視界にあらわれた。感覚突起が突風に揺れる草さながらに揺れている。

「調子はどうです、ドゥールルン・ハーベロン？」と、ツワトロ。「元気になりましたか？　痛みますか？　わたしには痛みがなにかわかりませんが、ソールドックが痛みを感じることはプログラミングにより知っています。痛みはいやなものです。あなたに痛みを感じてほしくない。あなたはわたしの唯一の親友ですから。ドゥールルン・ハーベロンとわたしは……」

「しずかに」ほかの声が割って入った。「さがるのだ、男助言者。担当官には安静が必要だ」

一ソールドックがハーベロンのバスタブ形生命維持槽のわきにあらわれた。担当官はこの男を知っている。七棟ピラミッド病院の首席医師アスレル・トークトだ。

トークトの暗い黄色のマルチ感覚器官は、心からの好意を発していた。

「ぐあいはどうだね、ドゥールルン？」と、口笛を吹くようにメロディ豊かな声で訊く。

ハーベロンはその声から、トークトが意識下で興奮していることに気づいた。自分の容体とは関係なく、気がはりつめているようだ。

「気分はいい」ちいさな声で答えた。「痛みもない」

話すのはまだつらい。非常ゾーンに数時間いたことが、どの程度の損傷をもたらしたのだろう。

医師はかれの考えがわかったらしく、

「きみはぎりぎりの瞬間に非常ゾーンから助けだされたのだ、担当官」と、冷静に説明した。「放射性熱傷の進行度はレベル1、重要な臓器は発癌前段階で、組織崩壊がはじまり、ウィルス感染していた。感染には汎用抗生物質で対応し、抗ウィルス剤を注射した。さいわい、終わりなき戦いでどういった細菌兵器がヴルッグで使用されたか、記録がすべてのこっていたのでね。ウィルスによる危険はもうない。

放射能汚染に関しては生命の危険はないが、これからの四週間は生命維持槽ですごしてもらうことになる。血液のプラズマ洗浄や骨髄移植が必要になるかは、いずれわかるだろう。幸運だったな、担当官」

幸運。そのとおりだ、と、ハーベロンは思った。

「神政主義者はなぜわたしを殺さなかった？」と、つぶやいた。「なぜわたしを救いだし、七棟ピラミッドへ運んだのだ？」

足音がした。ほかのソールドックたちがやってきて、首席医師の横にならぶ。

ハーベロンはかれらを知っていた。

科学関連担当官の女性ハールナ・ケルセン、助言者関連担当官のウルトゥル・マガン、通商関連担当官の女性キナール・ドラテ、セト＝アポフィス関連の担当官プリナー・ドルグ、それにあと六名ほどの政府関係者だ。

うしろには、かれらの助言者たちがひしめいていた。黄色や褐色の肌をした男助言者バーノンと、四本脚の赤い女助言者チェルシーだ。テラナーがチェルシーを見たら、長い頸とトカゲの頭を持つ亀だと思うだろう。

「内戦は終わった！」と、プリナー・ドルグが熱狂的にいった。「戦いは終わり、神政主義者たちは疑似軍隊とともに島に引っこんだ。われわれの神にして導師セト＝アポフィスの使者が四恒星帝国にあらわれたのだ。セト＝アポフィスは黙するのをやめた。闇の時代は終わりだ！」

使者？　ハーベロンはぼんやり考えた。セト＝アポフィスの使者？　なぜ導師は直接われわれに語りかけないのか？　なぜ使者を仲介する？

ドルグのうしろからおさえた声が聞こえた。

ソールドック政府の担当官たちがさえずり、興奮してしゃべっているのだ。首席医師トークトが生命維持槽の側面にある装置のボタンを押した。水圧のかかる音がして、槽の頭側が四十五度の角度になる。

ハーベロンは、ここが七棟ピラミッドの大会議室だとわかった。数百年ものあいだ、ソールドック種族の連合政府はここで会合をひらき、四恒星帝国の歴史を決定してきた。

中央には楕円形の会議テーブルと、大きな翼形シートが十七ある。高い壁にはパステルカラーのタペストリーや伝説の担当官たちのホログラムがならび、音の出る版画が絶え間なくかすかなメロディを奏でている。

もちろん、四恒星帝国の紋章もあった。四つの恒星をあらわす四つの円の中央に、団結する担当官の権力を象徴する菱形がある。上下にふたつならぶ円の左右から外側に、矢が弧を描いていた。セト＝アポフィスに敬意を表し、ソールドックの力と影響圏を拡大せよと、たえず戒めるものだ。

会議テーブルの上にホログラム・フィールドが生じた。

ジェイズ宇宙港の管制塔が見えた。周辺には、見わたせないほどの大衆が姿をあらわしている。

「われらが導師セト＝アポフィスの使者の宇宙船がヴルッグの軌道で方向転換しました」と、朗々たる実況の声が聞こえた。姿は見えない。「つまり、船そのものはヴルッグには着陸しません……いま軌道ステーションから報告が入りました。使者の宇宙船から小型飛行物体が射出されたもよう。大気圏に突入します……」

ホロ・プロジェクションの映像が変化する。

軌道にある制御ステーションからの中継だ。かきまわされた厚い雲の層が、惑星ヴルッグのグリーンの上に白いしみになって見える。

カメラの撮影領域に明るい点が押し入ってきた。点はどんどん大きくなり、赤いエネルギー球体のかたちになる。輝くエネルギー・フィールドのうしろで影が動いている。使者だ！

ハーベロンも興奮した。心配そうなアスレル・トークトのようすには気づかない。医師の視線は生命維持槽の表示とホロ・プロジェクションのあいだをちらちらと行き来している。

エネルギー・フィールドが急降下した。

すぐに厚い雲を通り抜け、ジェイズの建物群へ着実に近づいている。

ふたたびカメラが切り替わり、地上からの視点で映像がうつしだされた。

ジェイズの空に赤いエネルギー・フィールドが浮かんでいる。

それがいま、脈動しはじめた。十秒で十倍の大きさに拡大したあと、また崩れる。さらにべつの現象がくわわった。

稲光が球体から生じ、グリーンと青と赤のビームがはなたれる。あまりの明るさで、クルボシュの光がくすんで見えるほど。

まるで、新しい恒星が空にのぼったかのようだ。

魅惑的光景に圧倒され、ハーベロンは目をはなせない。

突然、奇妙な考えがかれを襲った。これは仮装大会ではないか。だまされやすい者たちに向けた安っぽい見世物だ。

折りたたみ口が困惑してぴくぴくと動いた。

ほかの担当官たちは、使者がほんものだと確信しているようだ。疑惑の声はどこにも聞こえない。だが、このまやかしは神政主義者ならやりかねない、と、ハーベロンは思った。

大衆の思考をぼんやりさせる煙幕、超越性を印象づける技術的トリックだ。

ハーベロンはだしぬけに考えた。この使者が詐欺師だということはありうるか？ 神政主義者が無血で権力を引き継ぐため、このような道具を使ったのか？ 担当官の考える合理的な社会を、神秘主義や宗教的狂信や浅はかな信心にもとづく国とすげかえるため、セト＝アポフィスの権威を利用するつもりか？

ばかばかしい！ いくら神政主義者といえども、セト＝アポフィスの名を権力欲に利用するほど堕落するなど、ありえない。

それとも、ありうるのか……？

その考えを押しやろうとしたが、完全にはできない。疑念が心に巣食い、いまや空でくりひろげられる光のショーを素直には見られなかった。

担当官は球体がコースを変えたのに気づいた。宇宙港からはなれ、政府庁舎へまっすぐに近づいている。

セト＝アポフィスの使者はじき、七棟ピラミッドに到着する。あと数分で、ハーベロンもほかの担当官たちも使者を目にすることになる。

「どんな外見なのだろう？」首席医師が放心してつぶやいた。「ソールドックのようなのか、それとも異世界の存在なのか。四恒星帝国が見たことのない生物なのか？」

そういうと沈黙し、大会議室は静寂につつまれた。

担当官たちは銅像のように硬直して、使者の到着を待っている。

複数のカメラが使者を追う。

その姿をおおう赤く輝くエネルギー・フィールドが、使者本来の大きさまで縮んだ。政府庁舎の外縁に到達し、躊躇《ちゆうちよ》なしに巨大な中央門へ向かった。いちばん外側の北ピラミッドの壁にある、鋼製の両開きの門だ。

ゆっくりと門扉が開いた。

べつのカメラがホロ・プロジェクション映像を伝える。

北ピラミッドの大きな受付ロビーの守衛たちがさがった。

その前を音もなくエネルギー・フィールドが通りすぎていく。

地面から一メートルたらず浮いた状態で、政府庁舎ピラミッド内部に数十も張りめぐらされた長いトンネル状通廊のひとつにまっすぐ消えていった。

ついに球体が、警備の厳重な通廊に達した。大会議室への唯一の出入口だ。

で命じた。

「開けろ！」セト＝アポフィス関連担当官プリナー・ドルグが、興奮で甲高くなった声

大会議室の幅のひろい扉がスライドして開く。

明るい赤いきらめきがホールにさしこみ、血のような光のなか、使者があらわれた。

ドゥールン・ハーベロンは生命維持槽のなかで息を切らせながら、思わず身震いした。

血のように赤い光……内戦後のジェイズの通りや広場も血まみれだった。その類似を意識したのだ。

エネルギー・フィールドはゆっくりと漂いつつ動いた。

そのなかにいるおぼろな影が、使者だ。担当官たちの緊張が極度に達した。

球体が降下し、床に触れたとたん、エネルギー・フィールドは消えた。

そこに未知存在がいた。

実際、異世界の存在だ。ソールドックからすると怪物に見える。不格好で短い手足を持ち、貧弱な胴体には羽毛もない。滑らかな皮膚は銀色で、妙にちいさな頭部の前面には水平な裂け目と、まんなかに張り出し部があり、上のほうには灰白色のくぼみがふたつある。

ハーベロンは粘性の強い再生プラズマの乳濁液のなかにいながらも、羽毛が逆立つのがわかった。まさに異生物だ。使者があまりに未知なる姿のため、かれは無意識に畏怖

の念を感じた。

　未知者が銀色の左手をあげた。

「セト＝アポフィスの名において語りかける、四恒星帝国の担当官たちよ」と、話しだす。その声はソールドックたちのゼリー器官には、もっとも低いバスの音域で聞こえた。

「わたしはショヴクロドン。神の使者である」

　担当官たちは次々とマルチ感覚器官を三本指の手でおおった。使者への敬意とセト＝アポフィスへの崇拝のしるしである。

　ハーベロンの疑惑は消えていた。

　銀色の肌の未知者の言葉にうやうやしく耳をかたむけた。

7

「もう一隻の宇宙船だと?」カーゼル・ブーンは信じられなかった。「外からきたのか？」

ウールン・スプリンクロンはおちつかぬようすで手を振った。鮮やかに色を再現するハイパーカム・スクリーンにうつるゼリー器官は黄土色で、かれの興奮をあらわしている。

「数分前のこと」と、せかせか報告する。「帝国の前哨にあたる宇宙プラットフォーム、アーゾト＝一二三の担当宙域に到達したのち、探知範囲から消えた……超光速飛行にうつったのだ。わかるだろう？」

「もちろんわかる」ブーンの語気が荒くなる。「ばかにしているのか？　それで、いまはどこだ？」

「クルボシュ＝三五の近傍、ヴルッグから二千万キロメートルたらずの距離だ」スプリンクロンの声が揺らぐ。

「べつの使者か？」

「ありうるが、わたしはそうではないと思う。データが……違うのだ。測定によると、この宇宙船は球型で、直径は千二百メートル」

マルシェン！　ブーンは思った。怪物じゃないか！

「警報は出したか？」と、問うた。

「星系全体警報を発令ずみだ」と、スプリンクロンが答えた。「ヴルッグ近郊の宇宙プラットフォームから、多目的グライダーの部隊を出動させた。コンピュータの座標調整で軌道ステーションに向かっている。ここにも二千機ある。迎撃に出ていいか？」

ブーンのゼリー器官が怒りで色を変えた。

「わたしにたずねるのか？　それは政府が決めることだ、ウールン」

「政府をわずらわすわけにはいかない」と、ウールンは身を乗りだし、ブーンをさとした。「担当官たちは使者と協議中だ。セト＝アポフィスにかけて、どうしたらいい、カーゼル？　この宇宙船だが……大きさ、寸法、エネルギー量、どれも測定値は恐るべきものだ。アーゾト＝一二三からクルボシュ＝三五までを信じられない短時間で進んだ。相手の技術はわれわれのサギロン・エンジンをうわまわる。この宇宙船が武器を搭載していなかったら、わたしはのこりの人生をマルシェンですごしてもいい……」

「おちつけ、ウールン！」ブーンはきびしい声でさえぎった。「もし未知者が敵対心を持っているとしたら、これほど堂々と四恒星帝国まで飛んでこないだろう。通信コンタクトはあったか？」

「ちょっと待った」

スプリンクロンがモニターから半分消え、はっきりしない声がいくつかスピーカーから聞こえた。と、ふたたび宇宙マスターの黄色いゼリー器官がすべてうつった。

さらに暗い黄土色になっている。

神経がまいる寸前だ。ブーンは不安を感じた。

「メッセージがきた！」スプリンクロンが声をあげた。「われわれの言語だ。かれらはわれわれの言語を使えるぞ！　ということは、セト＝アポフィスの使者だ！　だが、これはいったい……」

ブーンは相手を再度さえぎった。

「わたしが責任を持って指令を出す」と、あらたまって伝えた。「全データを超光速リレー・チェーン経由でクルボシュ＝七四に送れ。グライダー部隊のコンピュータ座標調整にはエプシロン＝A9周波を使うこと。同じリレー・チェーン経由で通信ブリッジを構築せよ。あとは、引きつづき未知者とのコンタクトをたもつのだ」

「了解」と、スプリンクロンの安堵した声。「すぐにリレー・チェーンに接続する」

モニター画面が暗くなった。

カーゼル・ブーンは翼形シートにすわったまま、横を向いた。

宇宙ステーション・クルボシュ＝七四の制御センター内部は、ヴルッグ上空の軌道ステーションとほとんど相違がない。

やはり円形ひな壇があり、そこにコンソール、モニター、コンピュータの一群がならぶ。漆黒の恒星間空間をうつしだすホロ・プロジェクションには、無数の多目的グライダーやコンテナ船のリフレックス・エコーが見える。プラットフォーム主任がすわっているのは一段高いガラス張りの場所だ。

ブーンはそちらを見あげた。

一秒後、目の前にある通信コンソールのスピーカーから、プラットフォーム主任の冷静な声がした。

「通信ブリッジが構築された、宇宙マスター」と、主任が伝えてくる。「部隊のコンピュータ座標調整はエプシロン＝A9周波で実施し、音声調整はエネルギー・マイクロフォンでおこなう。ホログラムによるシミュレーションを開始」

ホロ・プロジェクションが輝き、映像が切り替わる。宇宙ステーション・クルボシュ＝七四周辺の恒星間空間ではなく、未知宇宙船のいる宙域がうつしだされた。

シミュレーションにより宇宙船の、実際の縮尺とは異なるモンタージュ映像が展開された。

赤道環を持つ球型宇宙船で、下極に当たる位置にフランジのようなものがある。光速の三十五パーセントまですばやく減速する。ブーンはエンジンの性能に思わず感心した。かれの多目的船《ジューリグ》でさえ、こんな機動はできない。

通信コンソールの上にあるモニターに、コンピュータの測定値が光った。それによると、球型宇宙船は防御バリアを解除し、弱い反撥フィールドだけを展開している。これは鋼製外殻を宇宙塵から守るためのもの。ここまでの高速を出す宇宙船にとっては、星間物質は危険なのだ。

多目的グライダー部隊は千万キロメートル以上の距離をあけて迎撃態勢を組んでいる。それは深皿のかたちで、いちばん〝底〟には自動誘導の空対空ミサイルを配備した特殊部隊が待ちかまえている。部隊は光速の十パーセントたらずでヴルッグに向けて移動していた。

ブーンは満足げにうなった。

スプリンクロンの対応は賢かった。これなら恒星間宇宙からの侵入者と、すぐには直接的対決にいたらない。

未知者の指揮官にもこのサインがわかったようだ。速度が光速の十パーセントまでさらに落ちた。

球型宇宙船と迎撃部隊を分かつ距離は四百五十万キロメートル。

ブーンは矢継ぎ早に一連のコード・ナンバーを告げた。かれのゼリー器官のすぐ前に浮かぶこぶし大の楕円形のエネルギー・マイクロフォンが、指示をプラットフォームの主コンピュータに伝える。ただちに超光速通信インパルスが宇宙プラットフォーム・クルボシュ＝七四のアンテナから発信された。そのすこしあと、クルボシュ＝ハグナン系にあるべつの宇宙プラットフォームから報告がとどく。

ブーンはあらためてうなった。

侵入者のすぐ近くに、クルボシュ＝一二からクルボシュ＝一九までのプラットフォームがある。そこの主任たちに問い合わせたところ、ポジティヴ回答が返ってきたのだ。縦横の幅が五千メートル、厚さが五百メートルある巨大ステーションは、戦闘準備を終えていた。プラスディクシド・フィールドを展開し、惑星間迎撃ミサイルをスタンバイし、遠距離レーザーを未知物体に向けている。

これ以上の防御は望めないだろう。

それでもブーンはおちつかない。これらの迎撃態勢と直面したら、未知者の指揮官はどう反応するだろう？　導入された防衛処置を敵対行為とみなし、同じように部隊を動員するだろうか？

問題はそこなのだ。未知者のメンタリティをだれも知らない。しかも、ソールドックにとってはこれが未知知性体とのはじめての遭遇だ……使者をのぞいて。

探知機も走査機も球型宇宙船の変化を伝えてこない。エネルギー産出量は比較的低く、一定である。未知者が武装して戦闘にそなえている兆候はない。

「通信分析は？」と、ブーン。

あらたなデータが通信コンソールのモニターに表示された。未知者の交信メッセージはすでにヴルッグの軌道ステーションのコンピュータが分析を終えている。クルボシュ＝七四への通信ブリッジが構築されたのち、インパルスに変化はない。

未知者のメッセージが三部構成であることをブーンは確認した。

第一部は身元確認インパルスを不完全に模倣したもの。これは、ソールドックの多目的グライダーやコンテナ船が惑星に接近し、現地の軌道ステーションの遠隔操作にしたがうときに発信するインパルスだ。

第二部は、惑星ヴルッグの政府の放送局が内戦の停止をもとめたときに呼びかけた言葉を、脈絡なくくりかえしたもの。それにくわえて、ソールドック語で平和、愛、協調を意味する音声シンボルが定期的にあらわれる。

翻訳が不正確であり、解釈の可能性がいくつかある事実を考えると、言語学的分析により、次のことがしめされよう……統一的概念である平和・愛・協調に対して、未知者は複数の表現を持っているのだ。

カーゼル・ブーンは驚いた。

ソールドックにとって、平和と愛と協調は概念的に切りはなせない。ソールドック語の音声シンボルで〝チズリー〟といえば、個体間・グループ間のポジティヴな関係をさすとともに、個々のあいだにも社会にも紛争のない状態を意味する。

ブーンにとっては当然であるこの統一性が、未知者の言語では分離されている。ということは、かれらは極度に個別主義の存在にちがいない。かれらにおいては、個体の平和とグループの平和は、おかしなことに別物なのだ。

そのような状況で、どうしたら高度に発達した社会がなりたつのかは、ブーンには理解不能だった。

ソールドックの場合、グループ間に論争があれば個体も巻き添えになるし、逆もしかり。そうした力の均衡保持に気を配るために、もっぱら男女助言者が存在する。セト＝アポフィスの沈黙のような、個体にも社会にも破滅的となる出来ごとだけは、バーノンやチェルシーにとっても過大な要求になるが。

ブーンにとんでもない考えが浮かんだ。

未知者たちが助言者を持たないということは、ありうるだろうか？　まさか！　そのような不完全な文明は数世代で滅ぶ。助言者のになう安定的要素がなければ、全関係者を満足させて紛争解決することは不可能だ。その結果はカオスとなる。

〝終わりなき戦い〟のような、あるいはここ数週間の内乱のような、カオスだ。

宇宙マスターは不毛な考察を追いやり、通信メッセージの第三部に集中した。

これはさらに興味深い。未知者のメンタリティをよりいっそう逆推論できる。第三部はたどたどしいソールドック語である。最初の二部のあとで発信したにちがいない。未知者は四恒星帝国の通信を傍受し、語学知識を拡大したもよう。これらから、かれらが友好目的で接近していると推定できる。両者にとって有益な関係を結び、たがいに実り多き意見交換の機会を得るために、ソールドックと接触を試みた、といっている。

だが、細部のいくつかはブーンにも、軌道ステーションが分析に使用したヴルッグの言語学コンピュータにも、謎をのこした。

たとえば、ソールドック語で友情をあらわす概念に、未知者は〝永続的〟と〝種族一丸となって〟というふたつの音声シンボルをくわえている。

種族一丸という音声シンボルは理解できる。未知者は個人の関係とグループ同士の関係を分離しているらしいから。だが、成立した友情になぜ〝永続的〟という語がくっつくのか。ブーンには不思議である。

ソールドックにとって、友情とはすなわち永続的なもの。反対に、男女間の深い感情の結びつきは、原則として一時的なものだ。

もしかすると、かれらの世界では逆なのかもしれない。カーゼル・ブーンは鋭くそう分析した。未知者の場合は友情が一時的なもので、恋愛関係は不変なのだ。ひょっとすると、たった一名の相手と子孫をつくるのかもしれない。

未知者たちはそんな奇怪な状況で、どのように遺伝上の多様さを維持するつもりなのか。ブーンにはむろん不思議きわまりない。だが、さらに謎めいているのは、未知者の友情である。いつか友情が壊れるという意識があるなら、どうやって友を信頼するのだ？　まるで、もっともプライベートな秘密をバーノンに打ち明けながら、助言者がほかのソールドックにべらべら話すかもしれないと疑うようなものではないか。

これらすべてからうかがえるのは……ブーンにとり、唯一これが得心のいく結論だったが……倒錯傾向だ。たとえそれが、ある種の知的刺激をもとめてのことだとしても。

この生物のゆがんだ思考過程をしめすさらなる証拠は〝有益な関係〟という重複表現である。未知者は自分たちの頭に浮かんだ〝関係〟という概念を特徴づけるのに、ソールドックが組織編成のテクニックに関してのみ使用する音声シンボルを当てはめてきた。関係はそれ自体が有益なもの。そうでなければ、それは拘束力のないただの接触であり、意味はない。

このおかしな重複表現は未知者がソールドック語を完全に習得していないせいか？　それとも、かれらのところには、純粋に機能だけの関係が存在するのか？　とすると、一宇宙マスターと一担当官のあいだの、所属グループには触れない関係と似ているということか？

ブーンはいらだって口笛のような音を発した。

通信メッセージが明かす未知者たちの明らかな異質さに、決心が揺らぐ。

これほど奇妙な生物にヴルッグ着陸を許可していいのか？　意見の衝突は不可避ではないか？　それは予測のつかない帰結を未来にのこすのでは？

宇宙マスターはホロ・プロジェクションを一瞥した。

球型宇宙船はさらに速度をゆるめていた。それまで同様、三部構成の通信メッセージを発信している。

「相手は待っています」と、背後で男助言者クウォンが歯擦音を出す。「われわれにとり、かれらは未知の存在。かれらにとり、われわれは未知の存在。限界を先へ伸ばせる者だけが、より多くの達成を望める。限界を壊す者だけが、いつの日か無限となる」

「いかにも」と、ブーンが応じた。

かれはエネルギー・マイクロフォンに向きなおり、コード・ナンバーを告げた。モニター映像が変わり、ウールン・スプリンクロンがうつった。

「わたしも連絡するところだった」と、スプリンクロン。「政府がやっと応答し、未知宇宙船にジェイズへの着陸許可がおりた」

「だれと話した？」と、ブーン。自分に分析結果をたずねることなく担当官が決断をくだしたことに、困惑をおぼえる。

「ドゥールン・ハーベロンだ」と、スプリンクロン。

「ハーベロン？　生きているのか？」

スプリンクロンがからかうような口調で、

「もちろんだ。それとも、わたしが〝大いなる闇〟と通信で話したと思うのか？」

「きみのジョークは以前のほうがおもしろかったぞ」と、ブーンは歯擦音をたてた。

「使者について、なにか聞いたか？」

「担当官たちがまだ会議中だ。ハーベロンがいうには、政府はまもなく声明を発表する。いまはまだ報道管制が敷かれている」

「わかった」と、ブーン。「それにしても、ハーベロンがこの決断の重大さを意識していることを願うばかりだ……」

スプリンクロンがしばし沈黙したのち、こういった。

「わたしの印象では、担当官たちは球型宇宙船をセト＝アポフィスの二番めの使者だと思っているようだ」

ブーンはおざなりに挨拶をすると、通信を終えた。多目的グライダー部隊に退却を命じ、未知宇宙船に着陸許可を伝えるよう、コンピュータに指令を出す。未知者の計算機がソールドック語をもっとよく理解できるよう、言語プログラムも付帯した。

並行して星系全体警報を解除し、ヴルッグ近傍の宇宙プラットフォームの戦闘態勢を解く。

再度ブーンは自問した。なぜ担当官たちは進んで着陸許可をあたえたのか？　この通信メッセージには、最初の使者とは違い、セト＝アポフィスに仕えていることをしめす言葉がない。それどころか、導師に関する言及がいっさいないのだ。

かれらはセト＝アポフィスを知らないのではないか。ブーンはそう考えそうになった……これがあまりにばかげた疑念でなかったなら。

だが、と、宇宙マスターは考えた。わたしはほかにすることがある。テーベル・ラヴァレステが《ジューリグ》でわたしを待っている。マルシェンの、大いなる知覚のもとへ行くのだ。

かれは立ちあがると、クウォンを手招きし、反重力シャフトに向かった。そこから多目的グライダーのある格納庫へ行く。

いまジェイズで起きていることも、使者や巨大な球型船の未知者のことも、もう気にならない。思考のなかではすでにマルシェンにいた。そこで人生最大の困難が待ち受けているのはわかっている。

もしかすると、グドゥールファグの第二惑星で死ぬかもしれない。

だが宇宙マスターはすでに充分、年老いている。死に動じることはなかった。

8

「わたしは呪われてもいい」アタノス・ヴラットが本心とは裏腹に感嘆の声をあげた。

「なんともすごい塊りじゃありませんか？」

「そうだな」と、ペリー・ローダン。

《サンダーワード》の大型モニターには巨大な軌道ステーションの輪郭がうつっている。全長五千メートル、直径八百メートルのシリンダーだ。滑らかな外殻の中央部を、四つの円錐形構造物がとりまいている。

おそらく位置修正エンジンだろう、と、ローダンは思った。

巨大シリンダーは、赤と白の連星の第七惑星の周回軌道上に浮かんでいる。この連星は天文学的にも、また明らかに文明上の意味でも、四恒星帝国の中枢に当たる。

テラナーたちはこのあいだに、異人側からの協力のおかげで、かれらに関する知識を大幅に増やしていた。

異人はみずからをソールドックと呼ぶ。四恒星帝国という名の勢力範囲は、担当官という称号を持つ者たちによって統治されているらしい。

遠方のステーションから通信経由で送られてきた言語プログラムは、艦載ポジトロニクスがすでに分析ずみだ。トランスレーターを使えば、ソールドックと満足のいくやりとりが可能なはず。

「すべての宇宙の霊にかけて」と、ヴラットがつぶやいた。「いったい、アルマダ工兵はどこにかくれたんでしょう?」

ローダンがおちつかないようすで、ちいさいモニターに目をやる。探知センターから転送された計測結果がうつっていた。

ショヴクロドンのアルマダ牽引機は跡形もなく消え去った。

もしかすると、恒星か惑星の対探知の楯に入ったのかもしれない。第七惑星ヴルッグの反対側にかくれたとも考えられる。あるいはヴルッグに着陸したか。

それとも、この星系のエネルギー放射をバリアにしてリニア飛行にうつり、われわれからひそかに逃れたのか。

だが、ローダンはこの危惧が見当はずれであることを望んだ。

テーベ級戦艦の機器類の性能は、アルマダ牽引機の超光速航行によって生じる散乱インパルスを測定するに充分なはずである。たとえ四恒星帝国の宇宙ステーションや無数の艦船による妨害の影響があったとしても。

「すくなくとも、ショヴクロドンはまだソールドックには影響をあたえていないようだ」と、ローダンはモニターを指した。たくさんの小型宇宙船のリフレックス・エコーが消え、《サンダーワード》とヴァルッグのあいだにあるのは軌道ステーションのみとなった。「ソールドックはわれわれを信頼した。そうでなければ、もっとも重要な惑星をこのようにあらわにしないだろうし、これほどの接近をわれわれに許可しないはず」

「それでも罠かもしれません」と、ヴラットが反論した。「《サンダーワード》は宇宙空間にのこしたほうがいいと思うのですが。いったん着陸したら、われわれの選択肢はわずかになります」

「われわれ、着陸する」と、ローダン。「ソールドックの誠実さを疑う理由はない」

「ショヴクロドンはどうなんです？」艦長は納得していない。

「ショヴクロドンはわれわれより五時間、多くても六時間リードしているだけだ」と、ローダンが応じた。「アルマダ工兵とはいえ、これほどの短時間で、自分の目的のために全種族を動員することは不可能だろう」

かれはヴラットの顔に疑念を見てとった。眉をつりあげて、訊く。

「どうした、アタノス？　われわれにかくしている暗い秘密があるのか？」

艦長はそこにふくまれた皮肉には気づかず、大まじめに首を振った。

「めっそうもない。クリフトン・キャラモンならこの状況でどうふるまうか、考えただけです。かれならあっという間に軌道ステーションを掌握《しょうあく》するでしょう。ステーションがショヴクロドンのアルマダ牽引機のカムフラージュでないか、見きわめるために」ヴラットの目が輝いた。「それが解決策かもしれません。アルマダ工兵に悪行をやめさせるには、決意かたき男たちが数名いれば充分かも……」

「女たちもな」と、ローダンが口をはさむ。「男女とも必要だ。ゲシールのほか、《サンダーワード》の乗員が数人。われわれは決意かたくヴルッグの大地を踏み、決意かたくソールドックたちと手を握るのだ」

「ソールドックに手があればですが」ヴラットがつぶやいた。

＊

その町はジェイズと呼ばれていた。

見おろせば、巨人の顔のかさぶたのように町がひろがる。淡褐色から赤褐色の色調の巨大なピラミッド群がそびえ、中心地の住民たちに場所を提供していた。そのあいだに、公園や幾何学的なかたちの森が見える。それを縁取るのは運河とひろい岸辺の緑、大きな広場やレジャー施設。あちこちにちいさな家々と細い道がならぶ住宅街は、ピラミッド群よりも古い時代に建てられたようだ。銀色の高架道路がソールドックの惑星首都をおおう。

焼きつくされた建物がいくつか、モニターにうつった。廃墟さながらの町並みだ。高架道路は破壊され、工業地域までが炎上した跡がある。

「戦いがあったようだな」と、タウレク。「われわれの到着のすこし前に」

ローダンは〝ひとつ目〟を凝視し、

「ショヴクロドンが関係していると思うか？」

「ありうるな」と、タウレクが答えた。「だが、そう極端な意味ではないだろう。考えられるのは、ソールドックとアルマダ工兵の小競り合いだ。アルマダ工兵がわれわれのことを敵だとソールドックに告げ、そのうえでかれらと敵対関係になったとすると、われわれはかれらにとっては潜在的な友か、すくなくとも同盟者のはず。それが、われわれにヴルッグへの着陸許可をあたえた説明にもなる」

コスモクラートの代理人はユーモアに満ちた独特の笑みを浮かべた。この笑みが浮かぶとよそよそしさが薄まる。

こうほほえむと、ずいぶん人間らしくなるな、と、ローダンは思う。だが、この男は人間ではない。いったい何者か、実際のところ疑問だ。物質の泉の彼岸からきた存在で、人間の姿は仮のものだというが。

《サンダーワード》は徐々に、巨大都市の北東にある宇宙港に向けて下降した。

宇宙港はテラニア宇宙港に相当する規模の大きさだ。

ここにショヴクロドンのアルマダ牽引機があると《サンダーワード》内のだれかが期待していたとしたら、その期待は裏切られることになった。

アルマダ工兵のグーン・ブロックは消えたままだ。

着陸床は閑散としていた。先ほど宇宙空間で出くわした小型機が四十機たらず、外周にならんでいるだけだ。卵形の胴体部にスマートな主翼、座席は六名ないし八名ぶんしかないだろう。

「かれら、待っているわ」と、ゲシールがいった。

べつのモニターが、宇宙港と町の境界にそびえるタマネギのような頭の塔を複数うつしだす。涙滴形飛行物体が蜂の群れのように空中に待機していた。《サンダーワード》がコース指示された管制塔のふもとに、地上飛行車輛の隊列ととてもちいさな異生物の姿が見えた。

指定された着陸床の反重力クッションの上に《サンダーワード》がゆっくりと降下する。すると突然、地面から疣のある黒っぽいドームがせりあがり、牽引ビームが球型宇宙船をとらえた。

自動警報が鳴りひびき、牽引ビームの強度がエレクトロン測定される。火器管制センターの制御モニターは、ドーム形の牽引ビーム・プロジェクターに搭載兵器の照準を合わせた。それと並行して、コンピュータが《サンダーワード》のHÜバリアとパラトロン・バリアを準備し、効率的な逃走コースを計算する。

十分の一秒に満たない時間で、テーベ級の巨大艦は戦闘・逃走準備を終えた。

だが、測定結果が不安を吹き飛ばした。

地上の牽引ビームは、とほうもない質量の球型艦を正確な位置へ巧みに進めるためのものだったのだ。

「わたしは呪われてもいい！」と、ヴラットがうめき声をあげた。

「この男、いつになったら黙るんだ？」かれの背後からいらだった声があがる。

艦長はすぐに振り向いたが、司令室の乗員は全員、着陸操作とソールドックの行動の監視で忙しいようすに見える。

ローダンが身を乗りだし、からかうように訊いた。

「クリフトン・キャラモンなら、この状況でどう行動するだろう？」

「キャラモンなら徹底的に責めたてて、犯人にデッキ掃除を命じるはずです」と、ヴラットがささやくように答えた。「でも、いまのような甘やかされた時代には、そんなことを考えるのさえ許されません」

艦載計算機が《サンダーワード》の巨大なテレスコープ脚をくりだした。あちこちにグレイのしみのある宇宙港の地面がどんどん近づいてくる。飛行車輛の隊列が動きだした。

ほとんど気づかない程度の衝撃があり、艦体がかすかに振動した。着陸したのだ。滑らかな稜線《りょうせん》を持つ鋼の山のごとく、球型艦がそびえる。それと比較してちっぽけに見える宇宙港の設備や町の建物を凌駕《りょうが》していた。

ローダンはゲシールのほうを見た。すでに軽装備のセラン防護服を着用している。隣りにはテラ代表団のひとりである異生物心理学者、シルギーゼン・サーンが立っていた。サーンはふっくらしたちいさな女性だ。赤褐色の硬い髪を短くしている。青白い顔にはしわが多く、ひびの入った陶器のマスクのようだ。目の強い輝きが、その顔をようやく生きたものにしている。彼女も軽セラン防護服を身につけていた。

「よし」ローダンはつぶやくと、アタノス・ヴラットに向きなおり、「われわれ、出発するぞ。あとは、取り決めどおりに行動する」

艦長は黙ってうなずいた。

未知文明との出会いにさいし、多くの言葉を費《つい》やす必要はない。この数世紀のあいだに、このようなケースにおけるあらゆる不測の事態に対する諸計画がつくられ、改善されてきた。

《サンダーワード》の乗員はみな、衝突や明らかな敵対行為にいたった場合も、あるいは熱狂的な親睦を試みる場合も、どう対応するかわかっている。このふたつの極端な場合にそなえ、準備はできていた。

ゲシールとシルギーゼン・サーンとともに、ローダンは司令室を去る。そのすこし前、主ハッチの手前で立ちどまり、タウレクにたずねるような視線を送った。

「わたしは艦内にのこる」と、コスモクラートの代理人。「そのほうがいいと思う」

ローダンは、好きにしろという身振りをした。

〝ひとつ目〟が同行してくれればと願っていたのだが……とくにショヴクロドンに出会うかもしれないのだから……タウレクには、代表団といっしょに宇宙船を出るつもりはないようだ。

とにかく、艦内にのこるにはそれなりの理由があるのだろう。

下極の人員用エアロックへ行く途中、ローダンはあらたに自問した。アルマダ工兵はいったいどうしたのか。まだ四恒星帝国に、それもヴルッグにいるのか？　それとも、わたしとテケナーの細胞を持って、逃げきったのか？　ソールドックはひと言もショヴクロドンに言及しなかった。とはいえ、そのことには意味がない。異生物心理学者サーンもそういっていた。

自分たちはまだ異種族のメンタリティを知らないのだから。

ただ、ひとつ明らかなことがある。ソールドックたちは平和的な意見交換をするつもりなのだ。

エアロックで代表団のほかのメンバーに会った。

言語学者のサーヴェル・マーカディル。白髪でメランコリックな目つきの男だ。トランスレーターを、ピンクの花模様のビニール袋に入れている。ローダンは引きつけられたように袋を凝視した。支障なく機能する《サンダーワード》の機械装置が織りなす完璧さのなかで、これほどの悪趣味に出会うのはじつにまれなことだ。

マーカディルは、ローダンの視線に気づいて説明した。

「当節はやりの人工物です。二千年以上も前、二十世紀の〝使い捨て時代〟のもののレプリカですよ。もともとは、ほぼ変質しないポリ塩化ビニールでできた買い物袋で、かつてスーパーマーケットと呼ばれた場所で購入品を入れたり、ごみを捨てるのに使ったりしていました。ところが、腐らないし、焼却時に有毒ガスが出るため、ごみ処理で問題になったのです。そこで、のちには、一定の時間がたつと自然分解するように設計されました。でも変質しない袋がいくつか、いまにいたるまで保存されていたというわけです」

マーカディルは満足そうに袋をいじりまわした。

「この人工物は、テラでは正真正銘、流行の先端です。二十五世紀ごろに中央ヨーロッパの文化人グループにもてはやされた芸術作品、〝鳴く鹿〟を思いだしてください。当時のテラニアに、バイオトロン性の鹿の彫刻がない家庭はなかったといわれています。毎朝、数百万体ものつくりものの鹿の喉から、おぞましい鳴き声が町じゅうに響きわたったんですよ」

「それはわれわれ全員にのしかかる、過去の呪いだ」と、ローダン。

「本当ですか?」と、マーカディルはまごついて目をしばたたかせた。

ローダンは異星社会学者ソウル・グロニッチに挨拶した。かれもまたシルギーゼン・サーン同様、《サンダーワード》のファースト・コンタクト・チームの一員だ。それから、サヴァイヴァル・スペシャリストのニッソナ・アルヴェニッチもいる。

ローダンはおもしろがった。どうやらヴラッドは最高の結果を望みながら、最悪の結果を恐れているらしい。異文明関係の科学者たちを用意したのは、ソールドックとの平和的相互理解のため。また、サヴァイヴァル・スペシャリストは敵対関係になったときのためだ。

「準備はいいか?」短くたずねた。

一同はうなずいて返事をする。

六名のグループは人員用エアロックに足を踏み入れる。外側ハッチが開いた。

二百メートル下に、宇宙港の地面があった。

ソールドックの乗り物……ヒラメのかたちの浮遊機が一ダースと、バスの大きさの透明プラスティック製涙滴形グライダー一機……は、《サンダーワード》から丁重に距離をあけて集まっている。

乗り物の前に黒っぽい影が見えた。

エアロック・コンピュータが反重力シュートを展開。

ペリー・ローダンは非物質性のリフトをゆっくりと滑りおりていく。同行者もあとにつづいた。

暖かい。ソールドックたちがクルボシュと呼ぶ赤色巨星はまだ空高くにある。白色矮星ハグナンは、血の色をした恒星の顔にある白いまるい潰瘍のようだ。

これまでに集めたヴルッグに関するデータを、ローダンは手みじかに要約してみた。連星の第七惑星は地球大、重力は一・二G。温暖な地中海性気候で、摂氏二十四度の不変の気温は、まちがいなく惑星規模の気象コントロールの結果だ。

気象同様、惑星の地理もコントロールされていた。地表を特色づける無数の湖と河川は、せきとめられ、まっすぐに改修され、大陸とつなぐ橋が全体にかけられている。

標高六千五百メートルの山さえも制御され、利用されていた。《サンダーワード》は着陸飛行中、山岳地帯にあるロープウェイ網を発見。峡谷の集落はすべて頂上や高原にある山荘や別荘とつながっていた。立ち入り不能な山の稜線には、アンテナが木のように林立している。

植物相は整然とした公園施設にしかない。各大都市に数百はあるようだが、都市の風景に調和するよう配置され、入念な手入れが施されている。とはいえ、すべて本来の野生の植生の戯画化だ。

ヴルッグは角張ったところのない、円滑な世界に見える。

だが、見かけはたいてい当てにならないとわかっていた。

ローダンは地面に着いた。乗り物の隊列が動きだし、こちらに向かって浮遊してくる。

どんよりとした空には太陽の三倍はある恒星が見える。その赤い光に、涙滴形グライダーのガラス部分がきらめいた。

「トランスレーターを作動させろ」と、ローダンは言語学者にささやいた。

マーカディルはピンクの花模様の人工物を開け、マッチ箱大のトランスレーターをとりだした。

その後ゲシールをはじめ、代表団のほかのメンバーも着地した。反重力シュートが消え、かれらの上方高くで、人員用エアロック・ハッチが鈍い音をたてて閉まった。

そのかすかな音に、ペリー・ローダンは寒気を感じた。なぜおちつかないのか、と、いらだちながら自問する。

敵意をしめすものはなにもない。いままで生きてきた二千年あまりで、このような状況は数えきれないほどあった。

ショヴクロドンのせいだ、と、ローダンは自分の感情を分析した。アルマダ工兵がアルマダ牽引機ごと、シュプールものこさずに消えたせいで不安なのだ。

かれらの前方二十メートルで、乗り物の隊列がとまった。

ヒラメ形の乗り物のひとつが、わずかに震え、たいらな操縦キャビンがスライドして開いた。脚の長い姿がひらりと縁をこえ、軽《かろ》やかに地面に降り立つ。

テラナーたちははじめて一体のソールドックの姿を目にした。

まさに鳥の末裔《まつえい》だ、と、ローダンは思った。グレイがかったグリーンの不格好な胴体は、長い脚の上腿部まで、びっしり生えた短い羽毛でおおわれている。下腿部はらせん状の角質で、三本指の足につづく。かかとには胞子のような結節がある。

頸のない頭部も羽毛におおわれ、正面には黄色に輝くゼリーのような感覚器官が形成されている。角質からなる一種の十字線が、正面を四つに分割していた。

そのゼリー器官が怪物めいた目のように、ローダンに向けられた。

宇宙ハンザの首席スポークスマンは咳ばらいした。ゆっくりと両腕をあげ、ソールドックにてのひらを見せる。宇宙全体で理解されるしぐさだ。

「わたしはペリー・ローダン」と、声を出した。「テラナー種族の名において、ソールドックに平和と友好を申してる」

トランスレーターがローダンの言葉を同時通訳し、歯擦音、割れ声、ひゅうひゅうという音を発した。

ソールドックは耳をそばだてていたが、やがてローダンの身振りを模倣した。

「わたしはプリナー・ドルグ」と、トランスレーターのスピーカーから聞こえた。「四恒星帝国のセト＝アポフィス関連担当官です。神にして導師である存在の名において、あなたがたをヴルッグに迎えます」

セト＝アポフィス！

ドルグの言葉に誤解の余地はない。ソールドックはネガティヴ超越知性体の協力者なのだ！　ローダンの危惧は、予期していたよりも早く現実となった。

急いで考えをめぐらせる。

ソールドックの行動は筋が通らない。セト＝アポフィスの従者にとり、テラナーは憎むべき敵のはずだ。それとも、はるか彼方の故郷銀河での対決を、超越知性体はかれらに知らせていないのか？　四恒星帝国に《サンダーワード》がいることを、セト＝アポフィスは予期していないのでは？

ありうる。

よく考えてみると、超越知性体はかなり長いこと動きを見せていない。無限アルマダと銀河系船団がM－82銀河に……おそらくセト＝アポフィスの権力中枢のはずだ……出現しても、表に出てくることはなかった。

自発的に待機しているのか、それとも、なんらかの事情でそう強制されているのか？

ローダンは緊張した。

ネガティヴ超越知性体の補助種族との会合は、僥倖《ぎょうこう》に思えた。ソールドックがテラナーを敵だと邪推しないかぎり、セト＝アポフィスやその力の集合体の状況について、聞きだすこともできるはず。

ローダンは慎重に一歩前に出た。

「われわれがあなたがたにコンタクトしたのは、対話をし、意見を交換するためだ」

《サンダーワード》が四恒星帝国に進入するさい、すでに通信で伝えた内容をくりかえした。「われわれ、平和的目的できた」

ソールドックはトランスレーターの翻訳に耳を澄ませ、答えた。

「平和的目的できた者は歓迎されます。四恒星帝国の担当官たちが、あなたと同行者を中央官庁の七棟ピラミッドでお待ちしています、ペリー・ローダン。そこで話し合いをはじめましょう」

涙滴形グライダーが近づいてきた。

プラスティック製の機体に不釣り合いなほど大きい扉が開く。ドルグの横を通ってなかに入るとき、ローダンはソールドックの大きさをあらためて意識した。

ローダンの身長は鳥型種族の腰のあたりまでしかとどかない。

異生物心理学者シルギーゼン・サーンがローダンの隣りに乗りこんで、ささやいた。

「飛行中、セト＝アポフィスについて訊いてもらえますか。ひかえめな態度を保持してください。〝神にして導師〟……繊細さを要する宗教的テーマのようです」

ローダンはそれとなくうなずき、クッションつきの巨大なシートに腰をおろした。同行者たちはかれのうしろにすわった。

プリナー・ドルグが乗りこむ。かれはテラナーたちとは対照的に、羽毛の生えた頭部をガラス張りの天井にぶつけぬよう、身をかがめなければならなかった。

かれがすわると、すぐに涙滴形グライダーは自動操縦で空に向かった。ほかの浮遊機も、町と宇宙港の境界をつくる複数の塔から勢いよく発進し、護衛編隊を組んだ。

《サンダーワード》はその向こうにちいさくなっていく。

かれらは巨大都市へ向けてコースをとった。

ローダンは慎重に考えて次の言葉を発した。

「わたしとしては」グレイがかったグリーンの地球外生物に向きなおり、「そちらの都合の悪い時機に訪問したのでないと願いたいが……」

テラナーが大都市の破壊に気づいていることは、ソールドックもはっきり認識しているはずだ。そう考えれば、これはもっともらしい問いだろう。望ましくない内政干渉だとソールドックが誤解しないような表現にもなっている。

ドルグが歯擦音をたてた。

「血が流されました」と、トランスレーターから聞こえた。「〝終わりなき戦い〟の再来です。沈黙によって生じたむなしさを暴力が埋めた。だが、いまや騒ぎも終結しました。あなたがたを歓迎しています」

ローダンは外を見た。

グライダーはかすかなうなりをあげながら、広大な公園の上をかすめ飛ぶ。九つのぎざぎざを持つ星形の湖が中央に見え、つづいて赤褐色の物質でできた家々がひな壇のようにならぶ。家の前面はほぼガラス張りで、屋根は緑化されていた。そのあいだを縫うように、光る高架道路が通っている。

「終わりなき戦いとは？」ローダンは訊いた。

「苦々しい過去のひとつです。この内戦をセト＝アポフィスが終わらせました」と、ソールドックが進んで答えた。「導師の出現によって光が闇を追いはらい、四恒星帝国に幸せが訪れたのです。セト＝アポフィスはすべての恒星にまさる存在ですぞ」

ローダンはソールドックから一種の敵意を感じたように思った。だが、それは錯覚だろう。

この鳥型種族はあまりにも未知で、人間的尺度で推しはかることは許されない。ただひとつだけ、聞き逃しようのないことがある。ネガティヴ超越知性体に言及するたび、ドルグの言葉から尊敬の念があふれでることだ。

やがて、山の高さの建物複合体があらわれた。入れ子状のピラミッドが七棟、チェス盤のような線状の緑や広場にかこまれている。かなりの数のグライダーがピラミッドの上空に待機している。

かれらはまっすぐにそこへ向かっていた。

ここがドルグのいっていた中央官庁にちがいない。

涙滴形グライダーは降下をはじめた。護衛隊はわきへ向きを変え、待機していた部隊にくわわる。グライダーは急速に下降。いちばん外側にあるピラミッドの、ななめのファサードのアーチ門がくっきり見えてきた。

門が開く。格納庫が見えた。

涙滴形グライダーは開口部からゆっくりと滑り入り、奥にある台座に着陸した。

赤むらさき色の腰ベルトのソールドックたちが、涙滴形グライダーのまわりに群がってくる。ローダンが目にしたかぎり、ベルトはソールドックの唯一の衣服だ。

かれらが武装していることに気づき、ローダンは不安をおぼえた。

兵士たちだ。

ゲシールと目を合わせる。彼女もまた不安をおぼえていた。ローダンはそのままシルギーゼン・サーンへ視線をうつした。異生物心理学者はそれとなく首を横に振った。

つまり、武装者の存在を危険のサインとはみなしていないということ。

ローダンは思いだした。故郷銀河の無数の星ではいまでも、かつて〝軍隊式のお出迎え〟と呼んでいたやり方で惑星外からの訪問者を迎えるのが慣例となっていることを。戦闘を連想させる風習ゆえ、テラではすでに数世紀前に廃止された。だからといって、ソールドック文明も武器の誇示を放棄したとはかぎらない。

それに、忘れてはならない。つい最近までヴルッグでは暴力衝突があったのだ。

ドルグが出入口ハッチから降りた。テラナーたちもつづく。

格納庫は七棟ピラミッドの地下深くにあるようだ。わきにはまるいトンネルが口を開け、その前に低めの台座がある。おそらく発射用斜路だろう。いまは空だ。

テラナーたちは武装した一ダースのソールドックに護送され、担当官プリナー・ドルグの先導で、胴のふくらんだリフトに近づいた。縦穴がかれらの上方高く、天井へと消えている。

扉が開いた。

赤い乗り心地のよさそうなキャビンが見えた。壁の肩の高さにはプラスティックででき た、ひだのあるふくらみがはしる。

エアクッションだ。

ソールドックはなぜ政府庁舎に反重力シャフトを組みこまないのか、と、ローダンは考えた。エアクッション・リフトのほうが故障しにくいからか、エネルギー消費量がすくないからか。

かれらはドルグのあとから乗りこんだ。兵士たちは外にのこる。扉が閉まるとき、かれらのゼリー器官は暗い黄土色にきらめいた。

「変色に注意してください」と、シルギーゼン・サーンがローダンにささやいた。「感情的な負荷のバロメーターです」

トランスレーターは切断されていたので、ドルグにはわからない。

いきなりエアクッションがふくらんだ。ローダン、その同行者、ソールドックを四方からつつみこむ。プラスティックのふくらみの表面は滑らかで暖かく、心地よい。

推力がかかる。

キャビンが上方に射出された。

クッションが乗員を守るようにしっかりとつつみこむ。やがてキャビンが急停止した。扉が横に開いた。

幅のひろい通廊がある。多くのしゅうしゅう声とひゅうひゅう声がローダンの耳に飛びこんだ。最初はこれらの音が、リフトのまわりに半円形をつくっている、輝くような黄色のゼリー器官をしたソールドックたちからくるのだと思った。だが、すぐに壁の八角形の版画に気づいた。

多彩にからみあった線がつねに動いている。それが動くたびに、メロディのない音をたてているのだ。

通廊はひろいが、短い。

わずか二十メートル先に両開きの扉がある。扉がスライドして壁のなかに消え、堂々としたホールへの入口が開いた。

ホール中央の楕円形のテーブルは……そのとてつもない大きさをのぞいて……奇妙なことに、テラのもののように見える。テーブルのまわりには奇妙なかたちのシートが十七あった。

ここの壁にも音の出る版画がある。さらにそこには無数のソールドックのホログラムがあり、四つの円からなるシンボルが壁のすべてをおおっていた。

だがローダンには、シンボルをじっくり見る時間がなかった。

部屋にいたソールドックたちに注意を引かれたのだ。

そこにいたのはソールドックだけではない。ほかに二種類の生物がいた。ひとつは巨大な頭の蛇に似ていて、もうひとつは足の短い亀のようだ。長い頸がある。

突然、ローダンは《サンダーワード》にミュータントを同乗させなかったことを後悔した。グッキーのテレパシー能力が多くの問いに答えてくれただろう。だがグッキーはラス・ツバイと、謎に満ちたアルマダ筏《いかだ》の一隻を追跡するために出発してしまった。

かれは首を横に向けた。

ホール奥のほうに、バスタブのようなものを見つけた。白みがかったグレイの液体が入っている。液体のなかには一ソールドックがいた……頸のない頭だけが見える。バスタブの隣りには蛇生物が、太い尻尾の上でバランスをとっていた。

はりつめた静けさがあたりに満ちる。

テラナーたちが入ってきたのに、ソールドックもほかの種類の生物たちも、なにも感じていないようすだ。

ローダンは、自分たちのうしろに武装した兵士がかまえているのに気づいた。かれらはホールまでついてきたのだ。

不安が増していく。

そのとき突然、シルギーゼン・サーンがおさえた声でいった。

「ここから逃げたほうがいいです。できるだけ早く。変化を感じませんか？　敵意……緊張……かれら、なにか合図を待っています」

ローダンの心臓が早鐘を打つ。

異生物心理学者のいうとおり、かれも変化を感じた。

罠だ！

足音がして、人間の高さのコンソールのうしろから人影があらわれた。それが前に出てくると、ソールドックたちがさっとよける。

「ショヴクロドン！」ローダンは声をあげた。寒気がし、思わずこぶしを握った。

アルマダ工兵の銀色の顔がゆがみ、意地の悪い笑みが浮かんだ。ゆっくりと右腕をあげ、ひとさし指でペリー・ローダンとテラナーたちを指さす。だが、かれの言葉はソールドックたちに向けられたものだ。ショヴクロドンはいった。

「四恒星帝国の担当官よ、これがきみたちの敵だ」憎しみに満ちた声が勝利に酔いしれている。「かれらこそセト＝アポフィスの沈黙の原因だ。神にして導師の呼びかけがきみたちに聞こえなくなれば、四恒星帝国に混乱が引き起こされる。それをもくろんで、かれらは呼びかけをのみこむマシンを宇宙の奥深くに設置した。いまやってきたのは、その結果を見るため。そして、きみたちをすっかり滅ぼすためだ。

セト＝アポフィスの名において、冒瀆者を処罰せよ！」

違う！　ローダンはそう叫ぼうとした。嘘だ！　だまされるな。われわれは平和のためにきた。友好のために……

だが口を開く前に、麻痺銃の集束ビームがからだをつらぬいた。神経組織が燃えあがるような痛みを訴える。衝撃を感じることもなく、倒れた。床に倒れる前に、すでに意識を失っていた。

アルマダ工兵のかすかな、いやみな笑い声も聞こえない。

ショヴクロドンの罠が閉じたのだ。

ふたたび開くことがあるのかどうか、この時点で知る者はだれもいなかった。

あとがきにかえて

新朗　恵

好きな詩がある。草野心平の「秋の夜の会話」だ。


さむいね。

ああさむいね。


と、詩は最後までこんな感じの会話で進んでいく。

蛙の鳴き声だけの詩など、草野心平のことは、「ああ、蛙の詩人？」とご存知の方も多いのではないか。この詩はハルキ文庫の『草野心平詩集』などで読めるので、ぜひお読みになっていただきたい。

最初の会話がいい。そして途中、「どこがこんなに切ないんだろう」と一方が問い、

「死にたくはないね」と他方が答え、最後はまた冒頭と同じ「さむいね」に戻る。いいなあ。簡単なことばで、深い。そしてやさしい。こんな風に、親しい人や愛する人と、大事なことについて話せたら、いいだろうなあ。そう思うのである。

この詩を思いだしたのは、この巻の後篇「四恒星帝国の暴動」の一シーンを訳し、さらに校正ゲラとして再度出会ったときのこと。この巻の二〇五頁のシーン、死に瀕したドゥールン・ハーベロンが、常に一緒にいる自分の男助言者、アンドロイドを相手に死について語っている。アンドロイド相手に死について語るのは、きわめて難しいと思うが、私たち死すべきものもまた、自分が死ぬときがくるまで、あまり死については考えない。それゆえ著者のトーマス・ツィーグラーの語り口の率直さに、ぐっときた。

五六二巻の後篇一一二四話でローダン・シリーズに初登場したトーマス・ツィーグラーは、五六二巻の「あとがきにかえて」に紹介されているとおり、四十七歳の若さで逝去した。それゆえに死についての描写が、詩を思わせるような秀逸な表現なのだろうか。

さて、蛙の詩人に戻ろう。

昨年七月、草野心平の住んでいたという福島県双葉郡川内村を訪れた。年に一度、天《てん》山《ざん》祭りに参加するためだ。

仕事の都合で、詩人団体「歴程」の仲間に遅れて、ひとりで向かうことになった。途中、郡山駅までは新幹線、そこからの交通手段がない。そこでレンタカーで単身、目的地を目指すことになった。

事前にグーグルマップで調べると、なんのことはない。一時間強の道のりだ。私のような運転下手でも、一時間半もあればつくだろう。だが、そんな見通しがあまかったことを私は道中知らされる。

ハンドルを右に、左にとゆるやかにきって、山道をひとり進む。山の緑は美しい。そんなことを思っていたのもつかのま、日が暮れてきた。たそがれどきの心細い時間帯だ。前後に車はない。

「まずいな、初めての道でしかもでこぼこの山道。夜になっちゃう」

まさに気分はローダン・シリーズの宇宙航行。

それでもカーナビが動いているうちはまだよかった。

カーナビ表示が、山のなかだと消えることを私は知らなかった。

消えたのである。

一瞬、驚きのあまり、息が浅くなる。

「え？」と思うまもなく、山を抜け、ある村の村道に出た。まだまだ目的地ではない。すでに予定の一時間を越えている。信号があり、右か左か、選ばねばならない。カーナビはまだ消えたまま。山を越えたので、電波は入っているはずだが、カーナビは消えたまま。

あっちの方角のはず。左折を選んで、道を進んだ。

また山に入り、山を登っていく。詩人としては山の名などを知りたいのだが、そんな悠長な時間はなかった。右に左にゆるやかにハンドルをきり、進まねばならない。

あたりはすでに夜。

ようやく川内村についたときは、ホッとした。

だがまだ安心はできない。そう自分に言い聞かせる。目指す場所にドンピシャにつき、歴程の仲間に出会うまでは、気を抜いてはならない。暗い夜道、幅の広いアスファルトの道が続き、ぽつり、と民家の灯りが見える。隣の家は見えない。目印もない。知らない夜の村、目指す場所を探しているうちに小一時間迷うことは十分にありえることだからだ。

さいわいカーナビは先ほどから復旧している。カーナビの通りに進むと「いわなの郷幻魚亭」の煌々《こうこう》とした灯りが見えた。コテージときいていたので、コテージを目指していた。レストランではないはずだが、なぜか「ここだ！」と思った。確信して車を停めた。

幻魚亭のなかに入ると「恵矢《けいや》さん（拙詩人名です）よくきたね」と声がした。詩人界の巨星、新藤涼子さんだ。

「恵矢さん、おなかすいてないかい？」

「ビール、飲む？」とやさしい。まるで冒頭にあげた草野心平の詩のようである。新藤さんはいつも周りにいる人たちに細かな気配りをし、それを感じさせないやさしいお人柄。およそ二〇名あまりのほかの詩人たちは、すでに食事もビールも終えて、私の到着を待っていてくれたようだ。

（ビール、飲みたいなあ）と思ったが、そのときだ。プリントが配られた。見ると、草野心平の詩である。

「食事が終わったら、すぐにみんなでこの詩の群読の稽古をするから」

朗読家でもある私は、お酒を飲むと舌がほんの少し麻痺して動かなくなるようなことに敏感なたちなので、朗読するイコール飲まないと考える。

「あ、これはお酒は飲めないな」と判断し、孤独な山道ドライブの緊張をビールでほぐすのは、潔くあきらめた。新藤さんの指導のもと、ほかの詩人たちと群読の稽古を終えると、コテージの相部屋へとなだれこんだ。

翌日、初めて、草野心平の住んでいた「天山文庫」を訪れた。川内村のちょっと高いところ、その中腹にぽかんと開けたような場所だ。お祭りだから人が大勢いてわかるが、ふだんだったら外からはわからないかもしれない。そこに広々と、住んでいた。いいところだ。

大きな藁ぶき屋根の家。障子がすべて開け放たれて、開放感そのものの古い日本家屋を背景に、手作りのステージが準備されている。目の前は広々とした芝生。見上げれば大きな木が何本か立っていて、葉がかすかに風にそよいでいる。

屋外のお祭りである。さいわい、晴れた。七月なので暑いが、木々のおかげで気持ちがいい。

芝生にはもう大勢の人たちがすわり、その後ろには運動会で見るような白いテントがならび、村の人たちが受付やお弁当、お酒の準備をしている。お祭りの準備は万端の様子だ。

お祭り開催のためのいろいろな挨拶のあと、中学生たちが連詩をそれぞれ群読した。連詩というのは、粋なもので、自分にあてがわれた行数を書いて、みなで一つの詩を書く試みのこと。新藤さんが前日に到着して詩作を指導したのだという。

私たちも草野心平の「誕生祭」をみなで群読した。そのあと、ひとりひとりにお弁当が配られた。ボランティアで入った大学生たちが、きびきびと手伝っている。
紙に包まれた岩魚があまりにも絶品なので、驚いた。樽酒が割られ、竹の器で配られた。村の人たちが村の竹を割って器にしたのだそうだ（私はレンタカーの運転があるので、いただいたのは新幹線のなかだった。竹の香りに負けない、でもスッキリしたいい日本酒だった）。

藁ぶき屋根の家の前の広々とした自然を生かした庭に集ってすわる。
村の人たち、そして草野心平がつくった歴程の詩人たちを中心とする詩人たち、お祭りを見に来た人たちが、日本のほうぼうから集まり、芝生にすわり、木々を見上げる。竹の香りとともにいただくお酒。詩が書かれ、詩が朗読され、音楽が流れ、わいわいと楽しみながら、お酒をいただく。数は数えていないが、数百名の人たちが和気あいあいとやっている。

ああ、これが草野心平さんの遺したものなのか。
そう思って、私はまた東京へ向かうべく、早退してひとり駐車場に戻った。

そこでひとりの村民が声をかけてくれた。

「朗読、よかったよ、動きがあってよかったな」と。

わいわいとお酒を飲みながらも、ちゃんと見ていてくれた。ふだん農林業を中心として暮らす人々だが、さすが草野心平ゆかりの里、あたりまえのように詩を楽しんでいる。詩ってそういうものだよね、と草野心平さんから、バトンを渡されたかのようだった。

ローダン・シリーズでも、ドイツの作家たち、日本の翻訳者たち、編集チームがこの膨大なローダン・シリーズにかかわり、多くの読者の方が数十年とローダン・シリーズを読み続けている。いわば数えきれない人たちが、目には見えないがローダン・シリーズという透明なバトンを渡し続けている。

数えきれないほど多くのメンバーで渡すバトンがあるんだよ、それなんだよ。

そんなイメージを、この福島県双葉郡川内村の天山祭りから、いただいたように思う。

草野心平の詩は愛読していたが、現場に行って感じること、わかることってあるんですね。

またローダン・シリーズに戻る。

この巻の前篇のラスト。治療法不明の精神障害者である四名が、もうテラには戻らないと決断するシーン。テラに戻らない。それは二度と戻れない重い決断のはず。

けれど四名は没落しそうなロボット文明を救えるのだから、個人的犠牲に意味がある、という。

この四名がローダン・シリーズに出てくることはもうないのかもしれないけれど（先の巻でなにがおこるかはわからないので、断定はできないが）レジナルド・ブルも、デイトンも四名の行いを胸に刻んだはずだ。私もそうした。

これも目に見えないバトンなのかな。

個人として生きる私たちは、目に見えないバトンそのものなのかな。

死すべき者だけれど、死すべきだからこそ、と自覚して、行動を起こすテラナー。

だからだろう、異種族からはときに予測不能と評されるテラナー。

テラナーっていいな。

ーズに触れると、そんなことを思う。

朗読家の生活とはまったく違う世界なのに、やさしくて、温かな、そ

ッセージが伝わってくる。

七月の土日なので、のんびり、粋で温かなお祭りに触れ、温泉でのん

観光がてら、訪れてみることをお薦めしたい。

死の鳥

The Deathbird and Other Stories

ハーラン・エリスン

伊藤典夫訳

二十五万年の眠りののち、病み衰えた〈地球〉によみがえったネイサン・スタックの数奇な運命を描き、ヒューゴー賞／ローカス賞に輝いた表題作「死の鳥」をはじめ、ヒューゴー賞受賞の「おれには口がない、それでもおれは叫ぶ」など傑作SF八篇に、エドガー賞受賞作二篇をくわえた全十篇を収録。解説／高橋良平

ハヤカワ文庫

ヒトラーの描いた薔薇

Hitler Painted Roses and Other Stories

ハーラン・エリスン

伊藤典夫・他訳

無数の凶兆が世界に顕現し、地獄の扉が開いた。切り裂きジャックを筆頭に希代の殺人者が脱走を始めたとき、ただ一人アドルフ・ヒトラーは……表題作「ヒトラーの描いた薔薇」をはじめ、初期作品から本邦初訳のローカス賞受賞作「睡眠時の夢の効用」まで、米国SF界のレジエンドが放つ全十三篇。解説／大野万紀

ハヤカワ文庫

タイム・シップ〔新版〕

The Time Ships

スティーヴン・バクスター
中原尚哉訳

〈英国ＳＦ協会賞／フィリップ・Ｋ・ディック賞受賞〉一八九一年、タイム・マシンを発明した時間航行家は、エロイ族のウィーナを救うため再び未来へ旅立った。だが、たどり着いた先は、高度な知性を有するモーロック族が支配する異なる時間線の未来だった。英米独日のＳＦ賞を受賞した量子論ＳＦ。解説／中村融

ハヤカワ文庫

訳者略歴　スイスの言語造形・舞台芸術アカデミー卒業の後，早稲田大学第二文学部卒業，詩人（恵矢として活動）・翻訳家　訳書『致死線の彼方』マール＆フォルツ（共訳，早川書房刊），『ヒーロー家族の肖像』レーブ他

HM=Hayakawa Mystery
SF=Science Fiction
JA=Japanese Author
NV=Novel
NF=Nonfiction
FT=Fantasy

宇宙英雄ローダン・シリーズ〈565〉

指令《しれい》コード

〈SF2172〉

二〇一八年三月　二十　日　印刷
二〇一八年三月二十五日　発行
（定価はカバーに表示してあります）

著者　クルト・マール　トーマス・ツィーグラー
訳者　新《あ》朗《ろう》恵《めぐみ》
発行者　早川浩
発行所　株式会社　早川書房
郵便番号　一〇一 - 〇〇四六
東京都千代田区神田多町二ノ二
電話　〇三 - 三二五二 - 三一一一（大代表）
振替　〇〇一六〇 - 三 - 四七七九九
http://www.hayakawa-online.co.jp

乱丁・落丁本は小社制作部宛お送り下さい。
送料小社負担にてお取りかえいたします。

印刷・信毎書籍印刷株式会社　製本・株式会社川島製本所
Printed and bound in Japan
ISBN978-4-15-012172-3 C0197